Verso casa

Sarah Lyons Fleming

Verso casa

Fino all fine del mondo, libro 1.5

Verso casa - Fino alla fine del mondo, libro 1.5

Translated bty Emma Lenzi

Original title: *So long, Lollipops*

Original language: English

Copyright © 2017, 2022 Sarah Lyons Fleming and SAGA Egmont

All rights reserved

ISBN: 978-1-0394-6046-1

1st edition

www.podiumentertainment.com

Ai lettori che mi hanno detto che *Fino alla fine del mondo* ha lasciato loro qualcosa. Le vostre parole significano moltissimo per me.

E ai miei genitori, che sostengono appieno la mia follia.

Verso casa

Capitolo 1

Non fu una grande idea stare a guardare il pick-up allontanarsi, non con tutti quegli zombie ai piedi dei cassonetti sopra i quali si trovava. Ma Peter sapeva che sarebbe morto e, dato che era solo questione di ore o di minuti, voleva essere felice in quegli ultimi istanti. Beh, per quanto lo si potesse essere circondati da zombie.

Ma *era* felice; il che era sbalorditivo, soprattutto considerando il fatto che era stato infelice per più di metà della sua vita. In realtà, aveva trascorso gli ultimi diciotto anni dei suoi trenta afflitto, finché non era stato salvato. E adesso, mentre guardava le persone che aveva salvato saltare il marciapiede e precipitarsi fuori dal parcheggio, era felice di sapere che aveva potuto salvarle a sua volta.

Lo aveva saputo nel momento in cui John li aveva trascinati dietro i cassonetti e nascosti alla vista dei Lexer presenti nel vicolo: nessuno di loro sarebbe fuggito, oppure ci sarebbero riusciti tutti tranne uno. Bits era seduta tra Penny e Ana, il volto pallido e gli occhi azzurri sconvolti. Lo aveva guardato come se lui avesse le risposte, con gli occhi di una bambina che guarda il padre credendo che non la deluderà mai.

E nonostante lui pensasse di averlo già saputo, in quel momento si rese conto di essere la cosa più simile a un padre che Bits avesse. Le aveva tenuto la mano quando aveva avuto gli incubi che la tormentavano. L'aveva cullata, presa in giro e dato un nome a tutte le sue lentiggini. E le voleva così bene che, quando immaginava di perderla, era come guardare dentro a un buco nero. I buchi neri non fanno proprio questo, non risucchiano via tutta la luce dallo spazio che li circonda? Era esattamente quello che sarebbe successo se l'avesse perduta. Sapeva che Cassie capiva; se lui era il padre della bambina, allora lei era la madre. Non aveva bisogno di preoccuparsi finché Bits era con lei.

Era stato facile prendere la decisione. Forse, un tempo, qualche mese prima, avrebbe dato più importanza alla propria vita che a quella di un'altra persona. Avrebbe calcolato i pro e i contro, patteggiato. Era bravo a farlo. Lo aveva fatto per anni; aveva imparato tutto sugli accordi alla Harvard Business School. Ma lì non c'era niente da negoziare e questo lo confortava. Fu pervaso da una determinazione così forte, sicura e chiara da risultare indolore.

Non se ne pentì, anche mentre mani strappate e marce si agitavano a pochi centimetri dai suoi stivali. Il baccano che facevano ne attirò altri nel vicolo. Adesso che la sua famiglia se n'era andata, i Lexer dall'altra parte della recinzione, quelli da cui erano scappati tutti, lottavano contro la rete metallica.

Poteva anche essere stato facile prendere la decisione, ma era comunque terrorizzato. Lo era davvero, cazzo. Il manico del machete era scivoloso per il sudore. Considerò l'idea di rimettersi i guanti, ma a che scopo? Fece un passo avanti e piantò la lama nel mezzo di un volto. Un altro abbattuto, ma ce n'erano davvero molti. E sarebbero continuati ad arrivare, non importava quanti ne avrebbe uccisi. Non poteva batterli; era tutta una questione di quanto a lungo avrebbe voluto vivere.

Non avrebbe mai permesso loro di prenderlo. Sapeva già che quando fosse giunto il momento – quando fosse stato troppo stanco o si fossero avvicinati troppo o qualche zombie alto come un giocatore di basket fosse arrivato ai cassonetti afferrandogli la caviglia – si sarebbe ucciso sparandosi in bocca. Se gli fosse rimasto anche solo un frammento di cervello, sarebbe potuto diventare uno di loro, ma ciò non sarebbe accaduto.

I cassonetti gli offrivano una piattaforma di un metro e ottanta per due metri e dieci. Dietro di lui c'era il muro di mattoni dell'edificio e ai lati… beh, c'erano solo zombie. Conficcò il machete in un collo, poi in un orecchio. Tutto quello scavare trincee e tagliare legna gli avevano reso le braccia instancabili; sarebbe potuto andare avanti per ore. E così avrebbe fatto: avrebbe combattuto finché non gli sarebbe rimasta soltanto la forza per premere il grilletto della pistola con l'ultimo proiettile, quello destinato a lui. Rise e non perché fosse divertente; forse stava perdendo la testa.

«Non potete certo biasimarmi, vero, coglioni?» disse alla folla sibilante.

Gli faceva bene imprecare, lo faceva arrabbiare e la rabbia rendeva più forti. Agitò di nuovo il machete mentre si piegava in avanti. I lamenti riecheggiavano nel vicolo, che si riempì del fetore di decomposizione.

In realtà, se avesse continuato a ucciderli, la pila di corpi sarebbe potuta diventare una comoda scala, che avrebbe permesso a quelli dietro di raggiungerlo. Ma l'unica altra opzione era osservarli fino allo sfinimento e poi si sarebbe fatto saltare le cervella. Ogni Lexer che ammazzava era un mostro in meno nel mondo, una minaccia in meno per Bits, perciò scacciò quel pensiero.

All'estremità opposta del cassonetto c'era una signora anziana. Le rughe erano diventate crepe profonde e il tessuto che sbucava, che avrebbe dovuto essere rosa, era invece grigio e venato di nero. Gli ricordò sua nonna, che era stata proprio una stronza. Dopo la morte dei suoi genitori e di Jane, lo aveva cresciuto in modo molto simile a come aveva cresciuto suo padre. E, a giudicare dal fatto che quest'ultimo aveva ridotto le visite a una volta all'anno, di certo non era stata candidata a "madre dell'anno".

«Non ci sono più, Peter. Non ha senso parlarne», gli aveva detto.

E così aveva imparato a tenere la bocca chiusa. Ma un giorno aveva provato ad accennare al fatto che sapeva che Jane non era morta sul colpo; che era rimasta intrappolata tra le fiamme; che ogni notte la vedeva morire nei suoi sogni, mentre lo supplicava di aiutarla, di slacciarle la cintura. Solo un piccolo *clic* e sarebbe stata libera. Non si era trovato su quell'auto perché non aveva voluto andare con loro, non aveva voluto andarsene in giro con la sorellina di nove anni per paura di essere visto dai suoi amici dodicenni. O peggio, da *una* dodicenne.

Aveva bisogno di dire a qualcuno che non era stata colpa sua.

La nonna lo aveva interrotto. «Hai preso una decisione, Peter. Le scelte hanno delle conseguenze.»

Quelle parole lo avevano trafitto al cuore. Avrebbe voluto l'assoluzione, ma invece gli aveva dato una conferma.

Due passi lungo la linea di contatto tra i cassonetti e la vecchia signora fu uccisa. *Che ne dici di questa decisione, nonna?* Si sentì benissimo. Anni di terapia in un colpo di machete.

«Ehi! Quassù!» gridò una voce.

Okay, adesso stava impazzendo. Sentiva perfino delle voci. Voci vere, non lamenti o sibili.

«Quassù! Guarda in alto!»

Eccola di nuovo, acuta e sovrastante il rumore basso dei Lexer. Doveva guardare in alto, nel caso stesse impazzendo. E se non ci fosse stato niente, sarebbe tornato a uccidere quanti più Lexer possibili prima di quel proiettile. Si premette contro il muro, il più lontano possibile dalla loro portata, e alzò lo sguardo. Un volto guardava giù dalla finestra del secondo piano. Era difficile dirlo dalla sua posizione, ma sembrava una ragazza adolescente.

«Ti getto giù una scala!» gridò. «Prendila!»

Non faceva parte del piano. Non che non fosse un cambiamento gradito; il suo piano aveva fatto schifo.

Riapparve e gridò: «Attento!»

Peter intravide dei capelli corti e biondi, mentre la ragazza agganciava una scala antincendio al davanzale della finestra e rilasciava l'altra estremità. Le catene che tenevano i gradini di metallo tintinnavano e facevano rumore. I cassonetti lo sollevavano di un buon metro e mezzo da terra e i pioli inferiori li colpirono con un rumore sordo. Peter osservò con stupore: era incredibile che lo stessero salvando da quella situazione disperata.

La testa bionda si sporse. «È fissata!»

Una mano su un suo stivale lo scosse dal torpore. Peter affondò il machete nelle ossa del polso e scosse via la mano amputata. Si gettò il machete sulle spalle e afferrò lo zaino appoggiato al muro. La scala oscillava mentre saliva verso la finestra e i cori di gemiti crescevano, quasi come se si stessero lamentando.

Si azzardò a guardare verso il basso e mormorò: «Addio, babbei».

Piantò lo stivale sul davanzale e poi si ritrovò in un piccolo ufficio. La ragazza era vicino alla porta, oltre due scrivanie e alcuni armadietti. Aveva circa sedici anni, capelli biondi all'altezza del mento, un naso minuscolo, occhi sgranati e labbra a cuore. Sembrava una fatina. La ragazza sorrise, ma la pistola puntata contro di lui era decisamente seria.

«"Addio, babbei"?» chiese con la testa inclinata. «Hai detto *questo* agli zombie?»

Peter guardò la pistola e pensò a cosa rispondere. Poteva anche essere minuta, ma sembrava saperci fare con le armi. «Lo dico con la mia… bambina. Invece di "Addio, sfigati".»

«Quella bambina che ha scavalcato la recinzione? È tua figlia?»

«Una specie.»

«Addio, babbei», ripeté e le sfuggì un risolino. «Mi piace. Allora, credo che tu sia un bravo ragazzo, dato che ti sei praticamente offerto di morire per i tuoi amici. Ma comunque, voglio che tu ti tolga le armi.»

Peter tirò fuori la pistola dalla fondina e la appoggiò lentamente sulla scrivania. Poi posò anche il machete e indietreggiò. «Mi chiamo Peter, Peter Spencer.»

Anche se la ragazza non sembrava particolarmente spaventata, pensò che presentandosi avrebbe potuto rompere il ghiaccio. O almeno far puntare quella pistola in un'altra direzione.

Annuì. «Natalie. Nat.»

«Grazie, Nat, per aver calato la scala. Non sapevamo che ci fosse qualcuno nell'edificio.»

Peter sorrise e lei ricambiò, mostrando prontamente i piccoli denti bianchi. «Sì, beh, non potevo lasciarti morire dopo tutta quella faccenda del martire. Anche se mio padre e mio zio mi uccideranno.»

«Sono qui?»

«No, sono andati a fare provviste. Stanno sistemando una casa. Per adesso stiamo qui perché è in alto.»

Aveva sempre il dito sul grilletto, sebbene avesse abbassato la pistola lungo il fianco. Contorse la bocca di lato e lo studiò. «Allora, Peter, non mi stuprerai o altro, vero?»

«No!» Dio, che mondo impazzito, dove una ragazzina doveva chiedere una cosa del genere. Aprì di nuovo la bocca, ma quella fu l'unica risposta che riuscì a dare.

«Non lo pensavo», disse Natalie. Agitò la pistola e alzò le spalle. «Ma ho pensato che fosse meglio chiedere. Prendi la tua roba, andiamo al terzo piano.»

Lo condusse lungo un corridoio con un'orrenda moquette marrone. Dei passi risuonavano dal ristorante sottostante. Tutti quei Lexer erano ancora nell'edificio e probabilmente ci sarebbero rimasti per sempre, dato che erano troppo stupidi per uscire dalla porta che avevano sfondato.

Natalie aprì una porta che conduceva a delle scale strette e gli fece cenno di seguirla. Peter pensò che si fidava un po' troppo a dargli le spalle, credendogli solo sulla parola. Voleva dirglielo, ma era una di quelle volte in cui era meglio tenere la bocca chiusa. Le scale di legno li portarono al centro di un open space che correva per tutta la lunghezza dell'edificio. Due letti occupavano un angolo e un terzo era dall'altra parte della stanza. Era chiaro di chi fossero la vivace trapunta e una pila di libri per adolescenti sul letto isolato, anche se Peter si ricordava abbastanza bene cosa volesse dire essere un adolescente da non aver bisogno di quegli indizi. Neanche per sogno avrebbe dormito accanto a suo padre e a suo zio. Non se eri al sicuro, comunque.

Vicino alle finestre che davano sulla strada, c'erano un divano e un tavolino, un tavolo e alcune sedie. Sopra un tavolo pieghevole e una scaffalatura erano posizionati un fornello da campeggio, qualche scatola, lattine di cibo, pentole varie e caraffe d'acqua.

Su un bordo del tavolo c'era una radio portatile. La voce che ne usciva a tutto volume era profonda e nervosa. «Nat. Natalie! Stai bene? Rispondimi, cavolo.»

Nat si precipitò verso la radio. «Scusa, papà. Ero al secondo piano.»

«Rich e io vediamo il gruppo da qui. Che succede?» Adesso la voce era meno agitata, sebbene ancora preoccupata.

Natalie si sedette su una sedia e incrociò le gambe. Dondolava un piede, come se fosse al telefono con un'amica. «C'erano delle persone giù e gli zombie le hanno inseguite.»

«Che ne è stato di loro? Lo sai?»

Nat rivolse lo sguardo a Peter.

«Sono fuggite, sul retro, ma una è rimasta bloccata qui.» La sua voce si fece più acuta, come quella di una bambina. «Papà, promettimi che non ti arrabbierai quando ti dirò una cosa.»

«Sputa il rospo, Nat.»

«Ho calato giù la scala e lui è qui con me.»

«*Lui è* lì con te? Natalie, che diavolo!» Sembrava che stesse per farle la paternale, ma poi sospirò. «Passamelo. Subito.»

Nat gli porse la radio con un piccolo sorriso. *Lei* non aveva paura di suo padre, ma Peter sapeva che doveva averne.

«Pronto?» disse Peter.

«Come ti chiami?»

«Peter, Peter Spencer.»

«Peter, ne allontaneremo abbastanza tanto da riuscire ad arrivare fin lassù e giuro su Dio che, se a mia figlia verrà fatto del male in qualsiasi modo, ti uccideremo. Capito?»

Natalie alzò gli occhi al cielo e sussurrò: «Di' solo "Sì, signore"».

«Sì, signore», rispose Peter. Negli ultimi mesi la sua vita aveva preso delle svolte inaspettate, ma, per qualche motivo, essere minacciato via radio dal padre di un'adolescente che gli aveva salvato la vita le batteva tutte. «Non le farò del male. Mi ha salvato la vita.»

«Sarà meglio per te. Restituisci la radio a Nat.»

«Ehi, papà, quindi, qual è il piano?» chiese la ragazza.

Peter pensò che fosse troppo spensierata in quella situazione, sia per il fatto che lui era un estraneo sia perché c'erano centinaia di Lexer al piano di sotto, ma in quel momento Nat si mise sull'attenti.

«Rich li allontanerà e tornerà indietro quando sarà abbastanza distante. Sarò lì tra poco. Non ti muovere.»

«Okay.»

Peter la seguì verso una finestra e osservò un furgone che avanzava lungo la strada. Era un grosso pick-up, con una decalcomania della bandiera americana sul lunotto posteriore e cerchi cromati. Si fermò appena dopo il bar, i finestrini si abbassarono e la musica partì. Non quella che Peter avrebbe mai immaginato potesse uscire da quel furgone. Si era aspettato del rock classico o del country: tutto tranne la musica classica che rieccheggiava tra il cemento e i mattoni degli edifici.

Peter conosceva il brano. Sua nonna non solo gli aveva fatto prendere lezioni di ballo, ma lo aveva anche portato ai musei e ai concerti. Era il *Requiem* di Verdi. E qualunque orchestra lo stesse suonando, ci dava dentro alla grande. I timpani rimbombavano, le corde gemevano e il coro ci metteva tutto se stesso. «Liberami, Signore, dalla morte eterna.» Peter ricordava quel verso alla fine. Calzava a pennello.

I Lexer nel bar si riversarono fuori al suono della musica. Quando ebbero quasi circondato il furgone, il veicolo si mosse per un altro isolato e poi si fermò. Lo fece e lo rifece, finché una fila di zombie lunga un isolato non lo seguì dietro l'angolo e sparì alla vista.

«Mio zio Rich si definisce il pifferaio magico degli zombie», disse Nat.

Un altro furgone si accostò al marciapiede. Peter riuscì a scorgere una figura dalla stazza imponente prima che la stessa sparisse nell'edificio. Dei passi rimbombarono sulle scale. Peter si tolse rapidamente la pistola, la posò sul tavolo e si allontanò da Natalie.

L'uomo entrò. Natalie gli andò incontro e lo abbracciò. «Papà, questo è Peter. Mi dispiace, so che non devo farmi coinvolgere, ma stava per essere ucciso perché...»

L'uomo allungò la mano che non teneva la pistola. Non assomigliava per niente alla figlia fatina. Aveva il volto quadrato, le guance rosse, corti capelli castani e la barba. L'unica cosa eccezionale erano gli occhi, azzurro ghiaccio e, Peter suppose, probabilmente amichevoli quando non ti fissavano.

Alzò il mento. «Fammi sentire che ha da dire.»

Voleva dire tutto e niente. Cosa doveva dire? Cos'era più importante per lui? Forse che non aveva pianificato di restare e di consumare le loro preziose scorte. «Stavamo andando alla Zona Sicura del Vermont, Kingdom Come. Siamo rimasti intrappolati qui sotto e io sono restato, per permettere ai miei amici di scappare. Sarei morto se non fosse stato per tua figlia. Voglio solo proseguire per la mia strada fin laggiù.»

L'uomo si tolse la giacca di flanella: aveva un torace enorme e un'altra pistola, che agitò in direzione della porta. «Beh, allora vai. È stato un piacere.»

«Papà!» gridò Natalie e batté il piede. «Lo sai che sono ancora sul retro. Probabilmente alcuni saranno in strada. Peter ha una bambina. È una delle persone fuggite grazie a lui. Non puoi mandarlo lì fuori!»

L'uomo respirò attraverso le narici dilatate. «È vero?»

Peter annuì e trattenne il fiato. Non voleva per forza restare dove non era il benvenuto, ma, probabilmente, senza un mezzo sarebbe morto dopo pochi minuti per strada. L'uomo abbassò l'arma e guardò Natalie.

«Dici sempre che sono brava a giudicare le persone», affermò la ragazza. Sgranò gli occhi, che si riempirono di lacrime. «Ho visto tutto. Si è sacrificato per loro. Sarebbe morto! Papà, lo faresti anche tu per me.»

L'espressione dell'uomo si addolcì. Nat stava facendo leva sul padre proprio come Bits faceva con Peter quando voleva un'altra caramella o che le leggesse un altro capitolo. Non che quello che Nat stava dicendo non fosse vero, ma poteva ottenere in pochi minuti ciò che a Peter avrebbe richiesto giorni, in termini di guadagnarsi la fiducia del padre. Non poteva resistere a Bits quando sgranava gli occhi e le tremavano le labbra. La parte più divertente era che non gli importava nemmeno di essere stato fregato.

«Prendigli le armi», disse il padre e Nat si precipitò ad afferrare la pistola e il machete dal tavolo. Quando diede le spalle al padre fece l'occhiolino a Peter. Quella ragazza era matta, come avrebbe detto Nel.

«Mi chiamo Chuck», disse l'uomo. Mise la pistola nella fondina e allungò una mano. I calli erano riempiti di grasso e sporco. «Per ora le terremo noi. Questo pomeriggio vedrò di aiutarti a farti uscire da qui.»

Peter si rese conto che la sua mano non era molto diversa da quella di Chuck. Questi sembrò notare i segni del duro lavoro e annuì, non in modo amichevole, ma con rispetto. «Te ne sono grato, Chuck.»

«Mettiti pure comodo. Non c'è molto da fare prima che torni Rich.»

Peter si spogliò fino alla maglietta e si sedette al tavolo. Natalie si accomodò davanti a lui, sventolandosi una rivista in faccia.

Faceva caldo lassù. E lui doveva andare in bagno. Stava diventando piuttosto necessario trovarne uno.

«Chuck», disse. L'uomo distolse lo sguardo dal punto in cui stava caricando le pistole. Peter era abbastanza sicuro che fossero già cariche e che questo spettacolo fosse solo per lui. «Devo andare in bagno. Dove posso…»

«Lo accompagno io», si offrì Nat. Balzò su dalla sedia e fece cenno a Peter di alzarsi.

Chuck le indicò di rimettersi a sedere. «No, lo farò io.»

Condusse Peter al secondo piano e aprì una porta in fondo al pianerottolo. Peter si rese conto che erano entrati al secondo piano dell'edificio accanto. Era un appartamento quasi privo di mobili, probabilmente il posto dal quale avevano preso la roba per il loro spazio al piano di sopra. Peter aprì la porta che Chuck gli aveva indicato e vide un vero bagno.

«Sembra a posto, ma controlla», disse Chuck. Peter si avvicinò al water e aprì il coperchio. Avevano fatto un grande buco sul fondo proprio in corrispondenza di un buco nel pavimento. Nell'oscurità sottostante andava a finire di tutto e di più. Certo, non aveva un buon odore, ma era piuttosto ingegnoso.

«Abbiamo aperto le finestre laggiù, così non c'è accumulo di gas. Non vogliamo saltare in aria», disse Chuck. «Bene, ti aspetto fuori.»

Quando Peter uscì, Chuck era in piedi davanti alle finestre. «Mi dispiace per la tua bambina. Ma sono contento che stia bene», disse senza voltarsi.

Peter si schiarì la gola. «Non è davvero mia figlia. Vorrei che lo fosse, ma non lo è.» Non sapeva perché sentisse il bisogno di spiegare; Chuck non stava certo chiedendo un certificato di nascita.

Chuck si voltò e sorrise. Peter aveva avuto ragione: quegli occhi azzurri erano amichevoli quando non prendevano in considerazione l'idea della tua morte. «Non ha molta importanza, vero? Quando si impossessano del tuo cuore, ti hanno in pugno. Forza, torniamo su.»

Natalie stava tormentando Peter da due ore quando il furgone dello zio Rich si fermò fuori. Chuck li aveva ascoltati, facendo qualche domanda e annuendo quando Peter aveva descritto la baita di Cassie e gli ultimi mesi.

La porta si aprì e apparve una versione più giovane di Chuck, solo con i capelli biondi invece che castani. Guardò Peter e poi di nuovo suo fratello. «Tutto a posto?»

Chuck annuì e Rich si avvicinò con una mano tesa, dicendo solo: «Rich». A quel punto Peter rispose: «Peter».

Rich si sedette sul divano e bevve da una bottiglia d'acqua, poi si pulì la bocca con il dorso della mano. «Cena?»

Peter ebbe la sensazione che Rich fosse un tipo di poche parole. Guardò l'orologio, non era ora di cena. La giornata sembrava essere durata un secolo, ma era solo circa mezzogiorno.

«Cena significa pranzo», lo informò Nat. «Qui viviamo nel 1860. Più tardi andremo anche a fare un giro sulla carrozza senza cavalli.»

Chuck scosse la testa, ma i suoi occhi brillarono. «Che saputella.»

Peter pensò a Nel e sorrise. «Ce ne vuole uno in ogni gruppo, che faccia da intermezzo comico.»

«È proprio come sua madre.»

Nat continuò a sorridere, ma le dita le si contrassero in grembo. Chuck distolse lo sguardo e ispezionò la scaffalatura. «Beh, che ne dite di una zuppa?»

«Proprio quello che ci vuole in un caldo pomeriggio estivo», disse Nat.

«Non ho detto che la scalderò.»

«Bleah!»

Peter si avvicinò agli scaffali e fece l'inventario. Tra le confezioni e il cibo in scatola c'erano alcuni pomodori, un cetriolo dall'aspetto triste e qualche zucchina. «C'è un orto nella casa che state sistemando?»

Chuck annuì. «Uno piccolo. Non è abbastanza da aiutarci ad andare avanti, ma siamo andati di casa in casa. Ne avremo a sufficienza per l'inverno.»

«Perché non andate in una delle Zone Sicure?»

Ci fu un brontolio dal divano. «È quello che dico anch'io», disse Rich.

Chuck guardò Nat e rispose: «Non è una buona idea per ora. Forse a primavera».

Peter non fece altre domande. Prese un paio di confezioni di ramen, la salsa di soia e l'olio di sesamo che si trovavano tra i condimenti. «Sarò felice di preparare la cena, se volete.»

«Accetto l'offerta», disse Chuck. «Non siamo grandi chef. Non che abbiamo molto su cui lavorare. Sai cucinare?»

Peter annuì. Natalie lo aiutò ad accendere il fornello, che si trovava vicino alla finestra aperta. Sua nonna non lo aveva mai portato in campeggio, ma nei mesi passati aveva imparato che usare un fornello da campeggio al chiuso, senza un'adeguata ventilazione, avrebbe potuto ucciderli.

Gli spaghetti di ramen erano a cottura rapida e in poco tempo Peter li aveva fatti raffreddare e saltare con le verdure tagliate, la salsa di soia e l'olio. Era troppo chiedere dell'aceto di riso. Forse i genitori di Cassie avevano esagerato un po' con le scorte, ma in quello scantinato era conservato tutto ciò di cui aveva avuto bisogno. Ricordò a se stesso che non erano davvero esagerate: lo avevano tenuto in vita.

Peter mise la ciotola sul tavolo. «Prego.»

I tre si sedettero e, a giudicare dal silenzio e dalla masticazione, apprezzarono. Quell'estate, in qualche occasione, aveva preparato l'insalata di ramen fredda. Alla baita gli era toccato sempre più spesso cucinare, ma non gli dispiaceva. Guardare tutti spazzolare il cibo che aveva preparato e litigare bonariamente per un bis gli dava più soddisfazione che mangiarlo.

Gli era sempre piaciuto cucinare. In uno dei suoi primi ricordi era in piedi su una sedia della cucina nella casa dei suoi genitori a Westchester, con sua madre che gli porgeva un misurino pieno di farina da versare nella ciotola dell'impasto. Da adulto aveva mangiato fuori il più delle volte, ma gli era comunque capitato di cucinare, soprattutto per le ragazze con cui era uscito. Cassie non aveva fatto eccezione, solo che, a differenza di molte altre, lei mangiava ogni singolo boccone e sospirava di piacere.

Peter tirò fuori dallo zaino uno dei pasti pronti liofilizzati, si sedette sul divano e lo mise sul tavolino. L'insalata di ramen era un'opzione molto più gustosa, ma non voleva mangiare il loro cibo. Stava già occupando il loro spazio.

Immaginò Bits e gli altri nel pick-up avanzare su strade sterrate. Avrebbero anche potuto già essere a Kingdom Come, se non avessero avuto problemi. Ma non era più necessario andare in cerca di guai. Bastava bucare una gomma o prendere una curva sbagliata, ed eri morto. Di sicuro era meglio che morire su un cassonetto, ma avrebbe dato qualsiasi cosa per essere su quel pick-up. E non per la sua sicurezza; voleva essere lì nel caso in cui qualcos'altro fosse andato storto.

Non aveva più molta fame, ma aprì il pasto pronto per vedere cosa ci fosse dentro e decidere cosa mangiare per primo: una grossa confezione di brodaglia, un'altra più piccola di qualcosa di insapore o formaggio spalmabile allo jalapeno con cracker? Decisione ardua. Il dessert non sembrava male. Era difficile rovinare lo zucchero.

«È davvero deliziosa», gridò Natalie. Vide cosa stava facendo Peter e aggrottò le sopracciglia. «Non mangi con noi?»

Peter guardò il proprio cibo. «No, sto bene così.»

«Non puoi cucinare e non mangiare», disse Chuck. La sua voce burbera era amichevole. «Forza, Pete. Mi stai facendo fare brutta figura.»

Aveva sempre odiato essere chiamato Pete, ma in quel momento non gli dispiaceva. Significava che piacevi abbastanza a qualcuno da darti un soprannome, come Cassie che a volte lo chiamava Petey. Si avvicinò al tavolo e prese la quarta sedia, chiedendosi perché l'avessero. Forse l'avevano recuperata dall'appartamento con il bagno per completare il set. Forse era per la madre di Natalie. Si servì un po' di ramen. Non buono come con l'aceto di riso, ma comunque gustoso.

«Controlleremo la strada e ti faremo partire dopo cena», disse Chuck. «Dov'è la Zona Sicura?»

«Nel Regno del Nordest. Da qualche parte a nord di Lowell.»

«Immagino che tu abbia bisogno di un veicolo. Ne abbiamo alcuni alla capanna, tutti con il pieno di benzina e funzionanti. Possiamo fare un giro lì e vedere cosa possiamo darti. Di questi tempi ci sono un sacco di auto a disposizione. Non ci vorrà molto per trovarne un'altra.»

«Ve ne sarei molto grato.» Peter ebbe quasi le vertigini al pensiero. Non sarebbe rimasto così indietro se fosse partito quel pomeriggio.

«Posso venire?» chiese Nat. Chuck scosse la testa. «Oh mio Dio, papà! Per favore? Sto morendo di noia. E fa così caldo! Ho bisogno di un bagno!»

Gettò la forchetta, incrociò le braccia e lanciò un'occhiataccia al padre. Lui la fissò a sua volta, con le grosse braccia incrociate sul petto e gli occhi calmi. A Peter ricordò John, la persona più irriducibile che avesse mai conosciuto. «Qual è la prima regola?» domandò Chuck.

«La sicurezza», rispose Nat a bassa voce, ma non distolse lo sguardo.

«E qui è dove sei più al sicuro.»

«Avevi detto che ormai ci saremmo trasferiti, papà. Lì è più sicuro, dopo oggi sai che lo è! Se tu non tornassi, sarei qui senza acqua potabile e senza furgone. E poi cosa mi succederebbe?»

Rich borbottò qualcosa che suonava come: «Non ha tutti i torti».

«Hai ragione», disse Chuck dopo un momento. «Ci servirebbe comunque un po' di aiuto alla capanna. Ma devi lavorare, non cazzeggiare.»

Gli occhi di Nat sfrecciarono verso Peter. «Papà, come sei volgare! Abbiamo ospiti!»

CAPITOLO 2

LA STRADA PER la capanna era molto dissestata. Il collo di Peter, già un po' indolenzito da una notte insonne e da un sacco di fendenti di machete, gli faceva ancora più male. Dopo pochi chilometri, in cui non incontrarono nient'altro che alberi, chiese: «Era il vostro accampamento per la caccia o qualcosa del genere?».

«No, Rich e io lo abbiamo costruito da soli, portando lì tutti i pezzi da altri luoghi», rispose Chuck.

La strada entrò in una radura che costeggiava un grande lago. L'erba era troppo alta, ma, col tempo, gli stivali di Rich e Chuck avevano tracciato un sentiero che portava a due barche a remi e a una canoa ormeggiate sul bordo dell'acqua. Ma non c'era nessuna capanna.

Natalie premette il naso contro il finestrino e poi sorrise di nuovo voltandosi. «È sull'isola.»

Peter seguì il dito della ragazza verso un'isola nascosta dagli alberi, a meno di quattrocento metri dalla riva. Non c'era nessun segno di vita visibile, sebbene immaginasse che fosse proprio questo il punto. Aiutò a caricare i bidoni di plastica pieni di cibo e articoli da bagno sulle barche e nel frattempo continuava a osservare il bosco. Gli venne in mente che non c'erano altri mezzi, come aveva promesso Chuck, e le sue dita sfiorarono l'impugnatura della pistola nella fondina. Mentre lavoravano, Rich e Chuck parlavano a bassa voce. Sembravano abbastanza gentili, ma non c'era motivo di credere che intendessero aiutarlo.

Chuck guardò Peter come se potesse leggere i suoi pensieri e indicò con il mento dall'altra parte del lago. «Ci sono un altro paio di strade sulle sponde nord ed est del lago. Abbiamo alcuni furgoni laggiù in caso questa strada sia bloccata.»

Peter lasciò cadere la mano, cercando di non sembrare sollevato. Era piuttosto bravo a giudicare le persone. Non che questo gli avesse impedito di frequentare gente idiota e superficiale per quasi tutta la vita, ma almeno si rendeva conto che lo erano. E che lo era anche lui. Ciò divenne spiacevolmente palese dopo aver conosciuto Cassie, che non aveva problemi a etichettarli per il loro comportamento da stronzi.

La prima volta che l'aveva vista, in un bar della città, l'aveva osservata per metà serata. I capelli mossi castano-rossicci erano sciolti e spesso se li spostava dietro un orecchio mentre parlava. Si trovava lì per il compleanno di un collega, insieme a Penny e Nelly. Era il tipo di bar che lui frequentava sempre, invece lei di rado. Peter si ricordò di aver pensato che drink da venti dollari preparati con frutti sconosciuti non erano certo nello stile di quella ragazza, e che quello che beveva era ciò che di più simile a una semplice birra avessero da offrire.

La maggior parte delle ragazze indossava abiti firmati e stivali con il tacco. Cassie indossava un paio di jeans da trenta dollari, stivali logori e una canottiera nera. Non era sciatta: la canottiera lasciava intravedere il bel décolleté; portava gli orecchini ed era truccata. Era solo diversa. Toccava le spalle o il braccio delle persone con le quali parlava e le ascoltava assorta e rapita. Quando rideva, gettava la testa all'indietro e si lasciava andare. Sembrava che non le interessasse cosa pensassero di lei i clienti abituali del bar, una cosa che Peter le invidiava.

Osservò diversi ragazzi seguirla con lo sguardo, mentre andava in bagno; non era l'unico interessato. Anzi, lei ne aveva già respinto uno, sorridendo timida e scuotendo la testa.

Quando Cassie si diresse al bancone per un giro di bevute, Peter la seguì e si appoggiò abbastanza distante da non sembrare viscido. Lei lo guardò e poi fissò dritto davanti a sé, finché il barista non le prese l'ordine. Peter fece un cenno silenzioso al barista di aggiungerli al suo conto. Dopo che i drink furono disposti sul bancone, Cassie porse al barista i soldi con le unghie dallo smalto blu scheggiato, ma lui li rifiutò con un gesto della mano e indicò Peter.

Per un attimo sembrò infastidita, ma poi sorrise e si voltò verso di lui. «Grazie, è molto carino da parte tua, ma non voglio davvero che paghi tutti questi drink.»

«Insisto», rispose. Lei gli porse i soldi, ma Peter incrociò le braccia e scosse la testa sorridendo.

«Per favore, prendili.»

«Un ragazzo non può offrire una bevuta a una ragazza?» chiese.

«Beh, sì, ma non dovrebbe offrirgliene sei.» Sollevò le sopracciglia all'alzata di spalle di lui. «Non vuoi prendere i miei soldi, vero?»

«No.»

«Beh, in questo caso, grazie. È stato molto generoso da parte tua.»

Cassie si ficcò i soldi in tasca e sorrise, ma lui si accorse che era a disagio. Forse pensava che stesse cercando di mettersi in mostra. Non che lui fosse superiore a certe cose, ma non lo aveva fatto. Era più difficile pagare solo il suo drink che pagare l'intero giro. Avrebbe potuto chiederglielo prima, ma poi lei avrebbe avuto la possibilità di rifiutare.

Peter le si avvicinò in modo che potesse sentirlo meglio. Profumava di rose e di qualcosa di fresco e verde. «Sono Peter.»

«Cassie. Ciao.» Sorrise e tamburellò con le dita sulla bottiglia di birra, come se non sapesse cosa dire dopo.

«Piacere di conoscerti, Cassie.»

Qualcuno al suo tavolo doveva averle fatto un cenno, perché sollevò un dito, dicendo di aspettare, e poi lo guardò di nuovo. «Piacere mio.»

Lei gli chiese del suo lavoro e Peter vide gli occhi della ragazza diventare vitrei, mentre lui approfondiva i legami della sua compagnia con i lobbisti e i membri del congresso. Cassie era immancabilmente gentile e rise quando lui disse qualcosa di divertente, anche se si era accorto che non la entusiasmava. Di solito non gli avrebbe dato fastidio: la maggior parte delle ragazze ci stava con lui, soprattutto in un posto come quello, ma ogni tanto qualcuna lo rifiutava. C'era da aspettarselo. Ma quella non voleva proprio lasciarsela sfuggire, tuttavia capì che sarebbe successo.

Lei gli raccontò che era cresciuta a Brooklyn e lui le chiese se i suoi genitori vivessero ancora lì. Per un attimo Cassie si bloccò e poi gli disse che erano morti due anni prima in un incidente d'auto. Cercò di comportarsi come se niente fosse, ma lui aveva visto il dolore nei suoi occhi, il modo in cui aveva deglutito a fatica. Sapeva che la ragazza si stava preparando per quel momento iniziale d'imbarazzo e che pensava alle scuse che inevitabilmente ne sarebbero seguite.

«La mia famiglia è morta in un incidente d'auto quando avevo dodici anni», disse lui. «I miei genitori e la mia sorellina.» Fu sul punto di non dire quello che gli venne in mente dopo, ma voleva che lei sapesse che aveva capito. «È come vivere in una casa dove il tetto è stato spazzato via, vero?»

A quel punto lei lo guardò, lo guardò *davvero*, e annuì. Poi gettò un'occhiata in direzione del tavolo dove erano seduti i suoi amici che la stavano fissando. Il suo alito era caldo mentre gli parlava all'orecchio. «Se non porto loro i drink, mi daranno la caccia. Torno subito, okay?»

Lui fece sì con la testa. Cassie portò i drink agli amici e si sedette accanto a Penny. Per un attimo Peter pensò che non sarebbe più tornata, ma aveva lasciato la birra sul bancone. Cassie bisbigliò qualcosa all'orecchio dell'amica e poi si alzò.

Si era sentito molto vulnerabile dopo la morte dei suoi genitori, anche con l'appartamento prebellico di sua nonna sopra la testa. All'improvviso il mondo era diventato micidiale e arrabbiato, un posto dove si doveva afferrare tutto quello che si poteva e correre al riparo. Non poteva credere di averlo detto, specialmente a una sconosciuta, ma quelle parole erano il motivo per cui ora lei stava tornando da lui. Tutte le bevute gratis e i senatori del mondo non l'avrebbero impressionata. Questa ragazza era reale e lui voleva qualcosa di reale. Ma ciò che era reale faceva paura, e poteva farti male.

Lei avvicinò il suo sgabello e sorrise, lo stesso sorriso che lui le aveva visto fare agli amici; il sorriso che le illuminava il viso e faceva increspare gli angoli dei suoi occhi nocciola incorniciati dalle ciglia scure. Era la prima volta che parlava dell'incidente dopo anni. Di solito, se qualcuno si dimostrava abbastanza interessato da chiedere, diceva solo che i suoi genitori erano morti. E non aveva mai menzionato la sorella, Jane. Non solo gli faceva venire voglia di piangere, ma scatenava in lui anche una paura irrazionale che qualcuno potesse vedere il suo rimorso e fare domande. Ma Cassie sapeva fin troppo bene come ci si sentiva a parlarne: glielo aveva letto in faccia.

Poi parlarono, di cose sia serie sia frivole. Lei gli raccontò del suo lavoro e di come amava iniziare i bambini del quartiere all'arte; di come aveva smesso di dipingere per se stessa. Gli fece altre domande sul suo lavoro e poi inclinò la testa, il viso arrossato per la quarta birra. «Ti piace? Non sembra proprio che ti piaccia.»

«No, lo odio», ribatté lui, con un po' più di impeto di quanto avrebbe voluto. Era vero, ma non lo aveva mai detto ad alta voce.

Cassie gli diede una botta al petto e aprì la bocca. «Lo *odi*? Allora perché lo fai per un milione di ore alla settimana? La vita è troppo breve per quella merda. Dovresti fare quello che ami. O che *ti piace*. O che almeno *tolleri*.»

Peter alzò le spalle, ed effettivamente se lo chiese anche lui. Lei rise dispiaciuta e agitò una mano. «Dovrei seguire anch'io il mio consiglio. Non ascoltarmi.»

Dopo qualche ora passata a chiacchierare, si avvicinò un ragazzo ben vestito, con le spalle larghe e i capelli biondo sporco. Mise un braccio intorno alle spalle di Cassie con fare possessivo e squadrò Peter dall'alto in basso, dalla maglietta esageratamente cara ai jeans e alle scarpe costosi, e non sembrò impressionato. «Forza, ce ne andiamo. È quasi l'ultimo giro.»

«Nelly, questo è Peter. Peter, Nel», disse.

«Grazie per il drink, amico.» Nel gli strinse la mano e poi si voltò verso Cassie. «Prendiamo un taxi.»

Cassie si alzò e toccò la mano di Peter. «È stato bello parlare con te. Seguiamo tutti e due il mio consiglio, okay?»

Peter non voleva che se ne andasse. Sapeva che, con il suo amico iperprotettivo che incombeva dietro le quinte, lei non gli avrebbe dato il suo numero. E se lui le avesse dato il suo biglietto da visita, era certo che lei non lo avrebbe mai chiamato. «Ti do un passaggio. Abbiamo una macchina dell'ufficio a disposizione. Rimani per un altro drink?»

Cassie si morse il labbro e guardò Nel, che alzò le spalle come per dire "è la tua vita". Peter le strinse la mano e fece il suo sorriso più affabile. «Ho bisogno di altri consigli. Pensaci, farò per sempre questo lavoro che odio e sarà tutta colpa tua.»

Lei scoppiò a ridere. «Okay, non posso essere responsabile di averti rovinato la vita.»

«Mandami un messaggio quando arrivi a casa», disse Nel e le diede un bacio sulla guancia. L'occhiata che lanciò a Peter prima di andarsene era quella di un fratello maggiore o un padre. Quello era il ragazzo da conquistare se voleva piacere a Cassie ed ebbe il presentimento che non sarebbe stato facile.

Rimasero fino alla chiusura del bar. Pensò di chiederle di andare da lui, ma poi lei lo avrebbe accomunato a tutti i ragazzi di tutti i bar che avevano cercato di portarsela a letto. Non che a lui sarebbe dispiaciuto; da quello che poteva vedere, quei jeans da trenta dollari sarebbero stati molto più belli sul pavimento, ma non voleva spaventarla. Mentre aspettavano l'auto, rimasero in piedi nell'aria fresca del mattino a chiacchierare. Cassie si accese una sigaretta e spiegò che era scesa a una al giorno.

«Ma dopo un drink o molti drink…» Soffiò il fumo nell'aria e sospirò di piacere.

Peter sorrise, anche se detestava le sigarette. Non gli importava cosa facesse quella ragazza, purché lo facesse vicino a lui. Era normale, strana e divertente. Ed era di una bellezza che conquistava con il tempo, anziché folgorare all'istante. Si rese conto che era un po' come sua madre, a parte il fatto che voleva baciarla in modo poco materno, perfino con la sigaretta che lei aspirava come se contenesse ossigeno vitale.

L'auto accostò e Cassie spense la sigaretta schiacciandola, prima di cercare un cestino della spazzatura. «Non posso buttarla a terra. Ecco il risultato di essere cresciuta con due genitori ambientalisti.»

Lui allungò la mano. «Dalla a me.»

«Grazie.» La depositò quindi nel palmo della sua mano e sorrise nervosa. «Bene, allora, buonanotte. È stato davvero bello conoscerti.»

Il motore dell'auto nera rombò dietro di lei. Peter lo aveva fatto in un milione di occasioni, ma per la prima volta da quando era adolescente aveva davvero paura di essere respinto. Si schiarì la gola. «Allora, posso chiamarti ogni tanto? Potrei aver bisogno di altri consigli di vita.»

Cassie afferrò la maniglia. «Non... veramente io...» Sollevò lo sguardo al cielo e alzò le spalle. «Sai una cosa? Certo. Seguirò il mio consiglio.»

Digitò il proprio numero sul telefono di lui e glielo restituì. Poi, prima che lui potesse anche solo prendere in considerazione l'idea di baciarla, Cassie si tuffò sul sedile posteriore. «Buonanotte, Petey.»

Aveva già cercato di dissuaderla dal chiamarlo Petey, ma a quanto pare le piacevano i soprannomi. «Buonanotte, Cassandra.»

Lei rise perché prima gli aveva detto che nessuno la chiamava mai con il nome intero. Peter guardò la macchina allontanarsi, sorridendo come un idiota; gli piaceva già più di quanto pensasse fosse possibile dopo solo poche ore. Non gli importava nemmeno che la sua mano puzzasse come un posacenere.

«Siamo pronti», disse Chuck interrompendo i pensieri di Peter.

Si riscosse dal ricordo. Anche se le cose con Cassie erano andate diversamente da come un tempo aveva sperato, era ancora un bel ricordo. Non avrebbe mai immaginato che conoscerla quella sera gli avrebbe salvato la vita, in più di un modo. «Volete che prenda una delle barche a remi?»

«Se non ti spiace remare. Cerchiamo di non avviare i motori, a meno che non sia necessario. Usiamo soltanto motori elettrici, sono più silenziosi, ma devono essere ricaricati.»

«Nessun problema.»

Peter afferrò i remi e in poco tempo raggiunse l'isola. Chuck e Nat erano sulla canoa, mentre Rich guidava l'altra barca a remi con colpi pieni e regolari. Chuck indicò una spiaggia naturale sulla riva e Peter remò fino alla sabbia, dove poté scendere senza inzupparsi gli stivali.

«Di solito trasciniamo le barche tra i cespugli, ma ora scarichiamo e ti diamo un furgone», disse Chuck.

Peter li seguì con il suo carico attraverso gli alberi e analizzò l'isola. Era circa un ettaro, forse. Non era bravo in quel genere di cose, ma era migliorato negli ultimi mesi. Adesso poteva parlare di impianti elettrici con James, di armi con John e sparare cazzate con Nel, il tutto senza sentirsi inadeguato o una specie di impostore.

Un sentiero portava a una piccola capanna fatta di tavole spaiate e attrezzata con solide controfinestre, perfette per i rigidi inverni del Vermont. Il piccolo portico sulla parte anteriore dava su una stanza principale di circa sei metri per sei. C'erano due porte, che Peter ipotizzò fossero le camere da letto, e una terza vicino alla cucina. Forse si trattava del bagno. La struttura era accogliente e luminosa, anche se il cartongesso non era fissato in modo uniforme e non era tinteggiato. Chuck lo beccò a osservare e bussò alla parete della cucina. In quella stanza c'erano un lavello da incasso senza rubinetto, scaffali pieni di cibo confezionato e una stufa a legna per riscaldare e cucinare.

«Non è la casa più bella del mondo, ma, credimi, è robusta. E calda: l'isolante è spesso vari centimetri. Ecco perché abbiamo messo il cartongesso e Nat lo tinteggerà, vero, Nat?»

Ma la ragazza era già sparita attraverso una porta che conduceva a quella che era la sua stanza. Peter vide un materasso e una cassettiera, oltre ad alcuni poster appesi al muro e a una mensola con qualche libro allineato.

«Come avete fatto a portare qui tutte queste cose?» chiese Peter.

«Abbiamo una barca più grande nascosta dall'altra parte dell'isola. Consuma molta benzina, ma è l'ideale per i lavori grossi.»

Peter annuì e osservò il resto della casa. Era evidente che era stata progettata da due uomini e, per quanto detestasse la persona che era stata, non poteva fare a meno di volerla rinnovare, solo un po'. Il divano marrone a tinta unita non era male, ma avrebbe dovuto stare alla parete vicino alle finestre, non piazzato nel mezzo; e le poltroncine avrebbero dovuto essere sistemate proprio lì accanto per creare una piccola zona giorno. Avrebbe posizionato il tavolo da pranzo in modo da liberare l'accesso alla stanza e verniciato quegli orribili tavolini di legno marrone con un colore chiaro. Qualche tenda per coprire il tessuto nero che fungeva da tapparella oscurante. Alcuni cuscini vivaci. Aveva imparato qualcosa restando seduto durante le noiose consultazioni della nonna con gli arredatori.

«Bel posticino», disse Peter.

«Sì, beh, non c'è male», ribatté Chuck, ma Peter notò che ne era fiero, come lo era stato lui quando aveva aiutato a scavare la trincea o a sistemare la recinzione.

«Avete i pannelli solari?» chiese.

«No, non ne so niente», rispose Chuck. «Abbiamo costruito una bella toilette compostante e siamo riusciti a farla funzionare, ma tutto qui.»

Peter annuì. Immaginò che sarebbero stati bene, a patto che avessero abbastanza legna e cibo. Vivere su un'isola era piuttosto intelligente, ma non rimaneva molto spazio per coltivare. Si avvicinò alla finestra della cucina e guardò l'orto: nonostante alcuni alberi fossero stati abbattuti per avere la luce del sole, non avrebbe mai prodotto a sufficienza per viverci.

C'era qualche pomodoro, rosso e maturo, che gli fece ricordare Ana. Lei amava i pomodori. In quel momento gli sembrò ridicolo che lui avesse trent'anni e non l'avesse ancora baciata, quando era così ovvio che lei lo desiderava. Ana era bellissima, divertente e, a dir la verità, un po' pazza. Ma lui aveva imparato ad apprezzare quel lato di lei. Non c'era quasi nessun grigio; il suo mondo era tutto bianco e nero. Era fantastico quando era dalla tua parte, ma non tanto il contrario. Tuttavia, anche quando lo faceva impazzire, lui ammirava comunque la sua determinazione.

Peter aveva passato quasi vent'anni a temere che il suo vero io non sarebbe piaciuto a nessuno, di certo non a sua nonna. Amava il fatto che ad Ana non importasse. Che piacesse o meno agli altri, lei non perdeva tempo a cercare di convincerli. E ora che aveva superato la fase della sorellina dispettosa, piaceva a tutti. Era forte, ostinata e una fervente fanatica dell'uccidere gli zombie, ma si era anche ammorbidita. Era evidente quanto volesse bene a tutti, anche quando cercava di nasconderlo dietro il sorriso impertinente e l'immancabile mannaia.

Non aveva voluto iniziare qualcosa con Ana perché poteva solo immaginare quanto sarebbe stato imbarazzante dover vivere con *due* ex fidanzate. Infine, la sera precedente, Cassie gli aveva ordinato di essere felice e di smettere di perdere tempo. Ed era stato sul punto di farlo, finché non erano arrivati i Lexer.

Forse, quando avrebbe rivisto Ana, le avrebbe preso il viso tra le mani e l'avrebbe baciata, facendo finalmente scorrere le dita su quella morbida pelle scura. Avrebbe almeno voluto fare con lei quel lento che la sera prima le aveva chiesto; quello destinato a rompere la tensione che si era creata tra loro nelle ultime settimane. Sospirò; poteva desiderare quanto voleva, ma l'unico modo per far sì che tutto ciò si avverasse era andare a Kingdom Come.

«Avete delle patate?» chiese Peter per riempire il silenzio che si era creato mentre guardava fuori dalla finestra. Oggi era molto introspettivo, ma immaginò che essersi trovato di fronte alla morte potesse fare questo effetto.

«No, abbiamo iniziato in ritardo, abbiamo passato la prima parte dell'estate a cercare di sopravvivere.»

«Già. Dovreste provare a cercarne qualcuna nei supermercati e nelle case. Non so molto di orti, ma almeno potete provare a conservarle per usarle come patate da seme la prossima primavera. Potete piantarle in uno spazio piccolo e poi lasciarle crescere in verticale. Vi basta aggiungere sopra un po' di terriccio o di fieno.»

«È una buona idea, non abbiamo molto spazio. Il prossimo anno inizieremo un piccolo orto sulla terraferma, se saremo ancora qui.»

Dopo un altro paio di viaggi finirono di scaricare. Chuck lo ringraziò e disse: «T aiutiamo a ripartire».

«Vengo anch'io», annunciò Nat, uscendo dal suo nascondiglio. Si era cambiata e indossava un costume da bagno e un prendisole. «Voglio andare a nuotare con il sapone.»

«Bene, ho delle scorte per i furgoni, quindi prendo la barca a remi. Peter, ti va di andare in canoa con Natalie, così non rema in cerchio?»

La ragazza fece la linguaccia al padre e ridacchiò. Adesso che era lì, sembrava rilassata; tutti lo sembravano. Sentì Rich fuori nel cortile canticchiare sottovoce e parlare a un cane che Peter aveva intravisto quando si erano avvicinati alla capanna.

Il calore era attenuato dagli alberi, e forse anche dall'acqua. Quella che era una giornata maledettamente torrida a Bennington era calda e ventilata sull'isola. Quando si ddressero verso le barche,

Peter mise la camicia nello zaino. Per strada avrebbe indossato la giacca, come protezione, ma non c'era motivo di sudare sulla barca.

Rich girò l'angolo della casa. «Te ne vai?»

«Sì», rispose Peter e tese una mano. «Grazie per tutto il vostro aiuto, non avete idea di quanto vi sia grato.»

Rich gli strinse la mano annuendo e sparì sul retro.

«Zio Rich è un uomo di poche parole», disse Natalie e si avviò giù per il sentiero con le infradito. «Non capisci perché sto cominciando a impazzire? Non puoi restare qualche altro giorno?»

«Peter vuole andare dalla sua bambina», ribatté Chuck. Prese un giubbotto di salvataggio dal ramo di un albero vicino alla barca e lo porse alla figlia. «Mettitelo.»

«Non ne ho messo uno quando siamo partiti, papà. So nuotare da quando avevo, tipo, cinque anni.»

« Perché era qui sull'isola. Se fosse stato sulla riva, l'avresti indossato. Qual è la prima regola?»

Nat non rispose, così lo fece Peter. «La sicurezza. È un'ottima regola.»

«Traditore!» esclamò la ragazza, ma rise e si agganciò il giubbotto.

I furgoni erano un po' più distanti rispetto a dove erano arrivati. Peter immerse il remo nell'acqua mentre si avvicinavano. Nat remava, ma era praticamente inutile. In meno di quindici minuti sarebbe stato dietro il volante di un furgone e avrebbe guidato tutta la notte, finché non sarebbe giunto a Kingdom Come.

Natalie saltò giù dalla canoa prima di aver raggiunto la riva e si immerse nell'acqua all'altezza delle ginocchia. Era un'altra radura erbosa, con una strada fatiscente simile che conduceva nel bosco. Parcheggiati sull'erba c'erano un furgone e una Mercedes Classe G.

«Bella macchina», disse Peter a Chuck, che lo aveva affiancato con la barca a remi. «Era tua già da prima?»

Chuck rise. «Oh certo, centomila dollari erano una goccia nel mare. Era parcheggiata accanto alla mia Rolls Royce. Ti intendi di auto?»

«Non molto, ma avevo una S 600.»

«Bella», disse Chuck fischiando piano. «Dovevi passartela bene.»

«Immagino di sì», ribatté Peter, anche se non era stato proprio così. Non gli piaceva quel nuovo mondo, ma, probabilmente, era l'unica persona che si sentiva meglio rispetto a prima.

«La tenevo in una villa fuori Manchester. Era l'unico modo per averne una…»

Un grido acuto riecheggiò. Nat era sgattaiolata fuori dall'acqua e si era nascosta dietro i furgoni, dove il padre l'aveva avvertita di non andare senza il suo "via libera". La ragazza colpì il cofano del furgone con i palmi e Peter intravide il suo volto terrorizzato prima che lei scivolasse via. Chuck era veloce, ma Peter lo era di più. Saltò attraverso l'erba, tirando fuori il machete.

Il Lexer aveva afferrato Nat per il giubbotto. Continuava a trascinarla all'indietro, nonostante i piedi nudi della ragazza raspassero il terreno. Peter sapeva di avere una sola possibilità di allontanare il Lexer. I suoi denti erano pericolosamente vicini al collo di Nat e c'era altro movimento nel bosco.

«Abbassati! Abbassati!» ordinò alla ragazza, che obbedì all'istante.

Gli conficcò il machete nella bocca, spaccandogli la testa in due, e la parte superiore volò tra gli alberi. Gli altri Lexer si diressero verso il punto in cui Natalie giaceva sotto il cadavere del primo, che aveva ancora le mani aggrovigliate nelle cinghie del giubbotto della ragazza. Peter conficcò il machete in un occhio, passò la lama nella mano sinistra e si voltò per sparare a bruciapelo ai due dietro di lui. Era meglio evitare di usare la pistola e attirare così tutto ciò che si trovava nel raggio di pochi chilometri, ma a volte era inevitabile. Ringraziò Dio per Ana e per la sua follia: tutto quell'allenamento stava dando i suoi frutti.

Chuck aveva fatto fuori gli ultimi due con la pistola e in quel momento era chino su Nat per cercare di liberarla dal Lexer sotto il quale era bloccata. Non vide quello che sbucò da dietro l'altro furgone. Peter sparò un colpo mortale perfetto, ma il proiettile non fu sufficiente a fermare lo slancio in avanti del Lexer, che finì per far perdere l'equilibrio a Chuck, facendogli così urtare la caviglia di Peter.

Un dolore lancinante gli trafisse la gamba quando Chuck gli finì addosso con tutto il suo peso, anche se aveva gli stivali. Peter mise un braccio sul furgone e aspettò che il dolore iniziale passasse, mentre Chuck aiutava Nat a rimettersi in piedi. La parte posteriore della testa della ragazza era bagnata di cervella e il viso da fatina era bello rosso a causa dello sforzo fatto per respirare. Chuck le slacciò il giubbotto di salvataggio e ispezionò ogni centimetro del suo corpo; poi sollevò lo sguardo incredulo verso il punto in cui si trovava Peter.

«Gesù Cristo!» esclamò. Il suo viso era rosso quasi quanto quello di Nat. «L'avevano presa. Gesù.»

Chuck aprì la portiera del furgone e vi gettò dentro Natalie. La sbatté e si voltò verso il bosco, poi si accasciò contro il furgone. «Non avrei fatto in tempo.»

«Invece sì», ribatté Peter.

Vero o no, Peter non ne era sicuro, ma Chuck aveva bisogno di crederci. L'uomo guardava dritto davanti a sé. Non stava tremando, ma sembrava che stesse rivivendo un incubo. Peter lo sapeva; c'era passato anche lui.

«Non lo so», disse Chuck. Guardò Peter negli occhi, senza vergognarsi delle lacrime che riempivano i suoi. «Grazie per aver salvato la mia bambina. Se vuoi quella Classe G, è tutta tua.»

Peter fece una piccola risata, ma trasalì quando mise il peso sul piede. Ora che l'adrenalina stava svanendo, il dolore iniziale peggiorava. Lo stivale gli sembrò troppo stretto.

«Ti ho preso in pieno quella caviglia, vero?» chiese Chuck. «Diamo un'occhiata.»

Peter si sedette su una roccia per slacciare lo stivale e togliere il calzino. La sua caviglia era già gonfia e di un bel rosa acceso.

«Dio, mi dispiace», disse Chuck.

Peter scosse la testa. Era anche il piede destro. Avrebbe guidato con il sinistro, se fosse stato necessario. «È tutto a posto. Si sgonfierà presto.»

Chuck si strofinò la barba e fece una smorfia. «Non lo so. Sembra grave. Hai sentito o udito un *crac*?»

«No, si è solo piegata nel verso sbagliato.»

«Credo che sia un bene. Rich potrà dirci di più, è un infermiere.»

Quindi Rich, che non parlava, ascoltava musica classica e indossava una camicia di flanella, era un infermiere. Peter sorrise nonostante il dolore e la sensazione che quella caviglia stesse per cambiare in modo brusco i suoi piani. «Deve essere davvero molto bravo a mettere a proprio agio i pazienti, cavolo. Forte ma silenzioso?»

«Ne rimarresti sorpreso.» Chuck ridacchiò e gli rivolse uno sguardo paterno. «Credo che dovresti restare, almeno per stanotte. Sarebbe comunque meglio partire domattina.»

A Peter si strinse il cuore. In quel momento avrebbe dovuto salutare e proseguire lungo la strada. Ma ricordò a se stesso che in quel preciso istante avrebbe dovuto essere morto su un cassonetto, quindi un'altra notte era molto meglio di quello che sarebbe potuto succedere. Si spinse giù dalla roccia e appoggiò a terra, con cautela, le dita del piede destro. «Sì, credo di sì.»

Capitolo 3

Peter era sdraiato con il piede appoggiato sul bracciolo del divano, mentre Rich gli dava un'occhiata. Sebbene avesse un tocco delicato, ciò era sufficiente a fargli stringere i denti. Faceva male quasi come quando si era rotto il braccio a nove anni.

«Non senti degli scricchiolii quando lo muovo?» chiese Rich.

«No.»

«Beh, non posso dirlo con certezza, ma credo sia una distorsione piuttosto brutta. Dovresti restare a riposo per una settimana, poi muoverti il minimo indispensabile per un'altra settimana o più, dipende. Andrò al lago a prendere un po' di acqua fredda, così potrai immergerci la caviglia e poi te la benderò.»

«Volevo ripartire in mattinata.»

Rich era stato piuttosto spiccio durante la visita, ma in quel preciso momento si accovacciò accanto alla testa sollevata di Peter e, sospirando, ribatté con voce gentile: «Lo so, ma non ti vorresti per niente bene. E se dovessi scendere dal furgone? Le strade a nord non sono tutte libere, neanche le secondarie. Lo so perché le ho provate. Non puoi correre con quella caviglia».

Peter osservava le cime degli alberi attraverso la finestra e si mordeva la guancia con forza. Era un'ottima tattica difensiva per non piangere. E la prima e ultima volta che aveva pianto dopo anni era stato sul portico della baita di Cassie.

«Se la sforzi troppo presto, potresti peggiorare la situazione e non guarire mai del tutto», continuò Rich. Fece un gesto in direzione della finestra. «In questa situazione, non è il caso di avere una caviglia debole o di zoppicare per sempre, no?»

«Okay», si rassegnò Peter. Rich aveva ragione. «Mi dispiace di essere bloccato qui. So che non avete scorte da condividere.»

«Possiamo recuperarne altre», disse Rich sbattendo le palpebre diverse volte. «Ma non c'è un'altra Natalie. Vado a prendere l'acqua.»

Diede una pacca sulla spalla di Peter e poi uscì dalla porta canticchiando. Sembrava la *Settima* di Beethoven.

Il giorno seguente era caldo, il che fece solo aumentare il calore nella sua caviglia. Natalie uscì dalla sua stanza e si appollaiò su un'estremità del divano. Aveva gli occhi gonfi e sembrava esausta, nonostante avesse dormito dalla sera precedente.

«Lo so che ti ho ringraziato, ma grazie ancora per avermi salvata...», disse abbassando lo sguardo sul grembo. «Mi dispiace di aver mandato all'aria i tuoi piani per la partenza. Mio padre mi metterebbe in punizione, ma tanto sono comunque già bloccata in questo posto.»

Lo guardò imbarazzata da sotto i capelli e Peter rise. «Sono contento di essermi trovato lì. Queste cose accadono molto rapidamente, ecco perché tuo padre ha stabilito quella prima regola.»

Nat sospirò. «Lo so.»

«Comunque, siamo pari. Mi hai salvato e io l'ho fatto a mia volta. Okay?»

«Non ci pensavo», disse la ragazza sorridendo. «Ma sarò la tua schiava finché non te ne andrai. Ordini di papà. Posso portarti qualcosa?»

Peter non voleva che una sedicenne lo aiutasse ad andare in bagno. Sarebbe stato imbarazzante per entrambi. «Devo solo fare le cose della mattina: lavarmi i denti...»

La ragazza si avvicinò a un lato del tavolo e tornò con un bastone che in cima si apriva a V. «Una stampella per te. Papà aveva detto che ne stava facendo una.»

«Grazie.»

Peter zoppicò fino al bagno. Era uno stanzino delle dimensioni di un armadio, con solo il water all'interno. Non puzzava; forse tutto finiva in un serbatoio da qualche parte all'esterno e diventava compost. A casa di Cassie avevano un bagno con lo sciacquone, ma avrebbe scommesso che presto i bagni con lo sciacquone sarebbero stati solo un lontano ricordo.

Rovistò nello zaino. In una busta di plastica sul fondo c'erano uno spazzolino e un dentifricio. Era abbastanza sicuro che fosse opera di Cassie, considerando che c'era anche il filo interdentale. Nei loro zaini c'erano gli oggetti essenziali, nel caso avessero dovuto abbandonare lo zaino grande: un paio di pasti pronti liofilizzati, una torcia, una coperta e un poncho di riserva, acqua, munizioni, un coltello, una camicia in più e qualche medicinale. Solo Cassie poteva pensare che uno spazzolino fosse importante tanto quanto le altre cose. Mise il dentifricio sullo spazzolino. Quando ebbe sputato e risciacquato, si sentì più pulito dappertutto. Certo, era un'illusione, ma forse lei ci aveva visto giusto.

La caviglia era in fiamme, così tornò al divano e si sedette con la gamba distesa sul tavolino. Non era abituato a stare seduto, soprattutto in quelle circostanze. C'era sempre qualcosa da fare.

Chuck arrivò con un piatto e una tazza fumante. «Caffè e cracker con burro di noccioline. È un abbinamento strano, lo so, ma consumiamo le cose che scadono.»

«Grazie.» Peter sorseggiò il caffè. Era nero, il che andava bene, e i cracker erano piuttosto buoni.

Chuck si sedette sul divano. «Hai visto Natalie?»

«Sì. Le è stato ordinato di scusarsi? Se è così, lo ha fatto.» Peter finì di masticare e deglutì i cracker con un sorso di caffè. «Non essere troppo duro con lei.»

«Non ha ascoltato», disse Chuck con un'espressione severa. «L'ho quasi perduta.»

«Credo che abbia imparato la lezione. Aveva mai avuto un contatto ravvicinato con i Lexer?»

«Che buffo modo di chiamarli. Lexer?»

«L'esercito li chiamava così, per "LX" in Bornavirus LX.»

«Immagino che li chiameremo solo zombie. Sono quello che sono e non vedo il motivo di chiamarli diversamente», disse Chuck.

«Forse è un po' come chiamare i "babbei" con un altro nome, come "sfigati".»

«Cambia un po' le cose?» chiese Chuck con un sorriso. «Così non ti annoi?»

Peter rise. «Esatto.»

«No, non le era mai successo. Ha sparato loro a distanza quando tutto questo è iniziato, ma non l'ha più fatto da allora. Forse avrebbe dovuto, ma non credo che valga la pena rischiare. Sa come usare una pistola da quando era piccola. Mi assicurerò che ne abbia sempre una con sé quando è fuori di qui.»

Peter finì i cracker e il caffè. Era la colazione e, una volta che Chuck se ne sarebbe andato a fare il suo lavoro, Peter si sarebbe annoiato. «C'è qualcosa che posso fare da qui?»

Chuck ci pensò un attimo e disse che sarebbe tornato. Rich entrò con il cane, che assomigliava un po' a quello di John, Laddie. All'improvviso, quei cracker gli rimasero sullo stomaco. Era colpa sua se Laddie era stato ucciso; si sentiva ancora uno schifo al riguardo. Nessuno gliene faceva più una colpa, ma non avrebbe mai del tutto perdonato se stesso.

Il cane si precipitò dentro, scodinzolando come un matto. Nel secondo in cui Peter stabilì un contatto visivo, l'animale saltò sul divano e gli appoggiò la testa in grembo. «Coraggio, mettiti comodo, Jack» disse Rich al cane. «Vuoi che lo faccia scendere?»

Peter diede una bella grattatina a Jack dietro l'orecchio. Non aveva mai avuto un cane, ma ne aveva sempre desiderato uno. «Nessun problema, mi piace.»

«Okay, voglio dare un'occhiata alla caviglia.»

Rich afferrò il piede di Peter e tolse le bende, mentre Nat gli gironzolava addosso. Una volta tolte, la ragazza arricciò il naso. «Sembra il piede di uno zombie!»

Lo sembrava davvero: era gonfio e viola-grigio, proprio come un Lexer. «È meglio di quanto mi aspettassi, in termini di gonfiore», disse Rich. «È un bene. Tienilo sollevato. Nat ti porterà tutto ciò che ti serve.»

«Gli ho già detto che sono la sua schiava», ribatté voltandosi verso Peter. «Che ne dici di un gioco da tavolo?»

«Credo che tuo padre mi darà qualcosa da fare.»

Natalie fece un inchino. «Sì, padrone.»

Rich sollevò lo sguardo dalle bende. «Non riesco a credere che tuo padre non ti abbia mai sculacciata. Forse dovrei farlo io.» Le diede una pacca con la mano e la ragazza corse via ridendo. Dal modo in cui sorridevano sembrava che fosse un vecchio scherzo.

«Bene, vado fuori. Ricordati di prendere altro ibuprofene», disse Rich.

Trascorsi due giorni, Peter era certo di aver affilato ogni singolo coltello nel raggio di venti chilometri. La caviglia andava un po' meglio e lui poteva stare in piedi più a lungo. Tuttavia, non riusciva ancora a camminare a un ritmo normale. Rich gli disse di avere pazienza, ma era impossibile. Tutti lo aspettavano a Kingdom Come, anche se non ne erano consapevoli; probabilmente erano in lutto.

Chuck gli aveva dato altri lavoretti strani, ma non c'era molto che lui potesse fare dal divano, lo stesso che aveva fatto spostare a Natalie sotto le finestre. Avevano cambiato posizione anche alle sedie, così la sera tutti potevano sedersi a parlare o a fare un gioco.

Natalie aveva appena vinto a Monopoli per la terza sera di fila, quando Chuck disse: «Rich e io pensiamo di andare fuori domani. Staremo via una notte. Dobbiamo cercare del cibo e voglio controllare anche quelle patate, come hai detto tu, Peter».

«Prenderai la vernice, papà?» chiese Nat. «Così inizierò a tinteggiare. E prendi anche il tessuto per le tende e la vernice per mobili. Bianca o qualcosa del genere. Oh, e una macchina da cucire.»

Sollevò il pollice in direzione di Peter; negli ultimi due giorni c'erano state molte discussioni sull'arredamento. Lei sarà anche stata la sua schiava, ma lui era il suo spettatore passivo, e aveva la sensazione che la ragazza fosse abbastanza felice dell'accordo.

«Vedrò cosa riusciremo a fare. Sei sicura di essere a posto qui, Nat?»

«Certo, Peter mi farà compagnia.»

Chuck lanciò a Peter un'occhiata divertita che avrebbe potuto essere vagamente compassionevole. «Bene, andiamo a letto, è tardi.»

Peter si lavò i denti e si sdraiò sul divano con indosso un paio di pantaloni del pigiama di Chuck. Quando Natalie chiuse la porta,

Chuck si sedette sul bordo del tavolino con le mani giunte. «Ascolta, Peter, devo chiederti un favore.» Attese che Peter facesse sì con la testa e poi continuò: «Se non dovessimo tornare, voglio che porti Natalie con te quando partirai».

«Tornerete, Chuck.»

«Non si sa mai. Per precauzione. Voglio sapere che qualcuno baderà a lei e confido nel fatto che sia tu a farlo.»

«Certo che sì», lo tranquillizzò Peter. Sentì un'ondata di calore per il fatto che quell'uomo gli stesse affidando sua figlia. Nessuno gli aveva mai nemmeno chiesto di badare alla casa. Certo, i suoi amici benestanti non ne avrebbero mai avuto bisogno, ma comunque. «Hai la mia parola.»

Chuck annuì una volta. «Allora, va bene. Grazie.» Se ne andò nella stanza che condivideva con Rich e chiuse piano la porta.

Il giorno seguente c'erano solo Nat, Peter e Jack. A mezzogiorno avevano già nuotato con il sapone, come diceva la ragazza. La sensazione dell'acqua fredda sulla caviglia era fantastica e il sapone lo era da tutte le altre parti. Natalie gli bendò il piede come le aveva insegnato Rich e poi si sedettero in sala a leggere. Nat aveva milioni di libri nella sua stanza, ma Peter leggeva uno dei gialli dei due uomini.

Natalie aveva una copia con le orecchie di *Twilight* e la leggeva come se fosse la prima volta, anche se gli aveva confidato che lo sapeva quasi a memoria.

«Allora, che succede in questi libri di *Twilight*?»

Natalie lo abbassò e sospirò. «È tutto molto romantico. E chi non vorrebbe vivere per sempre ed essere fortissimo come un vampiro?»

«Beh, è meglio che essere uno zombie.»

«Comunque, è la cosa che possiedo che più si avvicina a una storia d'amore », disse la ragazza, lasciandosi cadere di nuovo sulla sedia. «In questo momento mi accontenterei anche di un ragazzo normale.»

«Wow, un ragazzo normale? Sei davvero disperata.»

«Chiudi il becco!» ridacchiò Nat, poi si sporse in avanti. «Allora, eri con delle ragazze quando ti ho visto. Quella accanto a te, che ti teneva la mano, è la tua ragazza?»

«È la mia ex, Cassie», rispose Peter.

«Perché avete rotto? Voglio i dettagli!»

Non glieli avrebbe raccontati nemmeno per sogno. «Semplicemente non ha funzionato.»

Natalie si soffiò via i capelli dalla fronte e alzò gli occhi al cielo. «Grazie, che bella storia. Beh, e le altre ragazze?»

Peter sollevò un sopracciglio. «Non ho intenzione di discuterne con te. Lo sai che hai sedici anni e io trenta, vero?»

«Ti prego. Non ho né TV né film, ho bisogno di un passatempo.»

Peter scosse la testa. Nat si accasciò sulla sedia, ma subito dopo si risollevò di scatto. «Okay, allora tirerò a indovinare. Quella con i capelli corti… come si chiama?»

«Ana», rispose lui, perché non riuscì a pensare a un buon motivo per non farlo. Ana era rimasta pietrificata per lo shock, quando aveva capito che lo avrebbero lasciato indietro. Peter aveva aperto la bocca per dirle che sarebbe andato tutto bene, che lui sarebbe stato bene, finché lei e gli altri fossero stati al sicuro, ma non ne aveva avuto il tempo.

Natalie lo osservò per un attimo, prima che un enorme sorriso le si stampasse sul volto. «Ti piace Ana, ne sono sicura!»

Peter alzò le spalle evasivo, ma Nat batté le mani e strillò. «Allora, che ne pensava Cassie?»

Lui decise di rispondere; aveva il presentimento che lo avrebbe tormentato per tutta la notte se non lo avesse fatto. «Pensava che fosse una buona idea.»

«Cosa?» gridò la ragazza incredula. «Davvero?»

Peter non poté resistere; rise fino alle lacrime. Natalie fece un gran sorriso e balzò in piedi per sedersi accanto a lui. «Quindi eravate tutti amici?»

«Sì, è così», rispose Peter. «Probabilmente Cassie è la mia migliore amica.» Cassie lo conosceva meglio di chiunque altro al mondo, perfino di Ana.

«Eravate innamorati?»

«Io ero innamorato di lei, ma lei non lo era di me», replicò Peter e avvertì una fitta di quella vecchia ferita.

«Proprio come Jacob», disse Natalie triste.

«Come chi?»

«*Twilight*. Il licantropo. Cassie ama un altro, come Bella ama Edward? È il vampiro.»

«Sì», rispose Peter. L'atmosfera si stava incupendo e lui non voleva. Lui stava bene. Tutto era andato come doveva andare. «Ma lui non è un vampiro e ho sentito che è piuttosto gentile.»

«Quindi la ami ancora?»

«Sì, ma in modo diverso. Desidero che sia felice. È complicato.»

Gli occhi di Natalie si riempirono di lacrime e Peter le diede una pacca sulla spalla. «Ascolta, sciocchina, non è triste. Quando arriverò lì, lo sai con chi vorrò stare?» La ragazza scosse la testa. «Ana.»

«Ma la ami?»

«Credo di sì.» Contemplava il muro e desiderava che Rich e Chuck fossero nei paraggi per mettere fine a quella conversazione.

«Ma continui ad amare anche Cassie?»

Peter sospirò. Lei non avrebbe smesso di parlarne e lui non sapeva come spiegare la situazione a quella ragazza che credeva che tutto fosse un triangolo amoroso in un romanzo per giovani adulti.

Non si aspettava di stare con Cassie. Non lo voleva neppure. Tuttavia, l'amava ancora nel modo in cui l'amore poteva trasformarsi in un profondo affetto. «Sì, in un certo senso.»

Nat saltò sui cuscini del divano, gli occhi improvvisamente asciutti. «Bella ama anche Jacob, ma è diverso. Forse come intendi tu. Devi davvero leggere *Twilight*.»

Peter non riuscì a pensare a nessuna situazione in cui fosse necessario leggerlo. «Credo di cavarmela bene anche senza l'aiuto di Bella, comunque grazie.»

Lui prese il suo giallo per indicare che la conversazione sulla propria vita sentimentale era finita. Natalie glielo strappò dalle mani e lo lanciò attraverso la stanza; poi gli appoggiò *Twilight* sulle ginocchia e gli allontanò la stampella. «Ti prego! Leggi solo i primi capitoli e ti prometto che ti ridarò il tuo libro, se non ti piace. Non c'è nessuno con cui possa parlare di queste cose! Ti prego, ti prego, leggilo!»

«Sei una rompiscatole», ribatté Peter. Voleva avere un tono severo, ma dall'enorme sorriso della ragazza era evidente che non ci era cascata. Avrebbe letto quel maledetto libro, se non altro perché quel volto speranzoso gli ricordava Bits. «Bene, lo leggerò.»

Natalie strillò e fece la danza della vittoria. Si era lasciato abbindolare.

CAPITOLO 4

CHUCK E RICH non erano ancora tornati quando Peter aveva quasi finito *New Moon* e il sole stava salutando il secondo giorno. Natalie era in piedi alla finestra, la mano sulla testa di Jack.

«Sono certo che stanno bene», disse lui, anche se non lo era. «Sanno che io sono qui e che tu sei al sicuro. Forse, hanno avuto bisogno di restare una notte in più.»

Nat annuì e continuò la sua veglia. Quando il sole ebbe abbandonato il cielo, la ragazza disse che sarebbe andata a letto. Peter lesse un capitolo di *Eclipse*, poi spense la lampada e rimase seduto al buio ad ascoltare il rumore di remi nell'acqua che non giunse mai.

La mattina seguente Natalie lo svegliò con un caffè. «Credo che tu abbia ragione. Ho dato loro un'intera lista piena di cose da prendere, quindi, probabilmente, stanno cercando quelle.» Le labbra, però, erano serrate, e la tazza di caffè tremava.

«Ehi, tesoro, non piangere.» Peter si tirò su e batté la mano sul divano accanto a lui. «Ho la sensazione che stiano bene, sul serio.»

La ragazza si lasciò cadere vicino a lui e si rannicchiò sotto il suo braccio come un uccellino. Poteva anche essere sarcastica, avere sedici anni e struggersi per le storie d'amore paranormali, ma, in quel momento, mentre singhiozzava sulla sua spalla, era spaventata come una bambina. Bits aveva molte persone che la proteggevano e lui era contento di essere lì per dare a Chuck la stessa tranquillità. Rimasero seduti in quella posizione finché il caffè di Peter non si fu raffreddato e Nat ebbe pianto tutte le sue lacrime.

Quando finalmente Peter si alzò, la caviglia stava un po' meglio rispetto al giorno precedente. Non riusciva a correre o a camminare veloce, ma stava guarendo. Una settimana o due e sarebbe potuto andare per la sua strada. Forse con Natalie al seguito, ma sperava di no. Aveva bisogno del padre.

Il pomeriggio portò un temporale, uno di quelli per cui i due uomini avrebbero probabilmente aspettato la fine anziché remare attraverso il lago. Peter e Nat erano assorti in una partita a Scarabeo quando dei passi risuonarono sul portico e Chuck entrò bagnato fradicio.

«Papà!» gridò Nat gettandosi tra le braccia del padre. Peter si morse la guancia nell'immaginarsi Bits compiere lo stesso gesto.

«Scusa», disse Chuck a Peter. «Dio, avrei voluto poter telefonare. Siamo rimasti bloccati in un negozio e abbiamo dovuto aspettare, ma va tutto bene.» Prese il viso di Nat tra le mani e la guardò, con gli occhi che gli brillavano. «Va tutto bene. Okay?»

La ragazza annuì e, quando il padre le chiese di aiutarlo a portare dentro la roba, si mise addosso una giacca e corse verso il lago.

«Fa' attenzione lì fuori», le disse Chuck prima di seguirla. «Eravamo circondati da centinaia di loro. Faremo un altro paio di viaggi mentre sei qui, se per te va bene, e poi non ci muoveremo più fino all'inverno. Forse congeleranno.»

«Lo spero. Fate quello che dovete. Per il momento non vado da nessuna parte.» E di sicuro Peter non avrebbe lasciato da sola Nat finché non avesse saputo che i due erano lì per restare.

Peter era seduto su una sedia e faceva scorrere il rullo di vernice sulla parete. Lui aveva la metà in basso, mentre Nat quella in alto. Adesso la capanna era molto più luminosa. Rich aveva scelto un azzurro premiscelato, che risultò essere la tonalità perfetta. Aveva anche preso tende e aste bianche, che aveva appeso. Dopo aver dato la seconda mano sulla sua metà delle pareti, Peter spostò la sedia verso la macchina da cucire che avevano sistemato sul tavolo.

«Allora, come funziona senza elettricità?» chiese Natalie.

«Hai visto i miei lunghi guanti di pelle?» Lei annuì. «Beh, Cassie li ha fatti per tutti con una macchina da cucire. Bisogna solo girare la manopola posta a lato e la macchina cuce per te: è tutto ciò che fa l'elettricità.»

«Forte.»

Peter prese il moderno tessuto azzurro e marrone a fiori che Rich aveva scelto. Sembrava essere uscito da una rivista e si abbinava stranamente bene alle pareti, al divano e alle sedie. «Allora, dimmi di tuo zio. Parla a malapena e si veste come un contadino, ma ascolta musica classica e ha scelto il tessuto perfetto.»

Non era preoccupato che Rich potesse sentire, dato che quella mattina erano partiti per un altro giro. Domani sarebbe stato il sedicesimo giorno di Peter lì e lui stava coccolando la sua caviglia così da essere in grado di andarsene il prima possibile. Rich disse che probabilmente gli sarebbe servita un'altra settimana, a patto di non sovraccaricarla.

«Zio Rich è sempre stato così. Mia nonna ascoltava musica classica e riarredava sempre la casa. Immagino che abbia finito per piacergli. Probabilmente mia madre avrebbe preferito che mio padre fosse un po' più simile a lui.»

Peter pensò di chiedere dove si trovasse sua madre, ma decise di non farlo quando vide lo sguardo spento della ragazza.

«Ma non è sempre stato taciturno», continuò Nat. «Tornò a casa a prendere i miei cugini e mia zia, ed è tornato indietro taciturno. È quello che dice mio padre: "È tornato indietro taciturno. Non ci vuole niente, solo che era troppo tardi".»

«Oh.»

Peter immaginò il casino che Rich avrebbe potuto trovare e cercò di scacciare quel pensiero. Avrebbe sicuramente potuto ammutolire una persona. Misurò e tagliò la stoffa per coprire i cuscini in più del letto, tagliati a quadrati, e lesse le istruzioni della macchina. Non aveva mai cucito prima, ma sembrava abbastanza facile.

Nat si tolse uno schizzo di vernice dalla guancia. «Credi che zio Rich sia strano, ma sei proprio come lui. Hai ucciso tutti quegli zombie come un supereroe, ma eccoti qui, ad arredare la casa con me. E so che i tuoi vestiti di prima costavano un sacco.»

«Hai ragione», disse Peter ridendo. Non si era reso conto che, al momento, poteva essere considerato una contraddizione vivente.

Un'ora dopo sospirò e appoggiò sul pavimento la prima federa cucita in modo irregolare. Avrebbe dovuto ringraziare ancora Cassie per i guanti. Era incredibile il modo in cui aveva fatto combaciare le strisce di pelle con cuciture così perfette e trovato l'elastico per unirle ai guanti che avevano recuperato. Lui sapeva a malapena cucire un quadrato, aveva appena imparato. La bobina era ancora un mistero complesso, anche se era riuscito a farla funzionare. Natalie gli si sedette accanto e insieme realizzarono la seconda federa, un po' più quadrata della prima. La terza era discreta e la quarta quasi perfetta. Le misero sul divano e sulle sedie, e ammirarono il loro lavoro.

«Non sarebbe mai stato così bello senza il tuo aiuto», disse Natalie. «Dobbiamo solo verniciare il tavolo e abbiamo finito.»

«Domani. Andiamo a dormire.»

Natalie si alzò sulle punte dei piedi e lo abbracciò per dargli la buonanotte, come se facesse parte della famiglia. Peter le rubò il naso e fece finta di metterselo in tasca. La ragazza lo assecondò con un sorriso, proprio come faceva Bits quando lui le rubava il naso. Anche se aveva la metà degli anni di Nat, Bits era troppo grande per giocare a "Ti ho preso il naso".

La ragazza sollevò le sopracciglia. «Devo chiedertelo indietro o qualcosa del genere?»

«No.» Peter accarezzò la tasca. «Ho una bella collezione e non ci rinuncerò.»

«Wow, e io che pensavo che tu fossi figo. Sei solo un imbranato come mio padre.»

Peter sorrise. «Lo prenderò come un complimento.»

«Buonanotte, svitato.» Nat ridacchiò e si diresse verso la sua camera, ma una volta alla porta, si voltò. «Papà mi ha detto che, se non torneranno, verrò con te a Kingdom Come. Voleva che io lo sapessi, nel caso che...»

«Va bene, ma non preoccuparti, torneranno», disse Peter.

«Lo so. È solo che non volevo che ti preoccupassi di dirmelo.» Mise le mani sui fianchi. «Allora, vuoi finire *Breaking Dawn*? Non sto nella pelle! Dobbiamo parlarne!»

Nat scomparve in camera sua e chiuse la porta dietro di lei. Era passata da una cosa terribile come ammettere che suo padre sarebbe potuto non tornare più a chiedere un incontro su *Twilight*. Le adolescenti erano davvero strane e lui era molto contento di non esserlo più. Gli sfuggiva come chiunque di loro potesse competere con un vampiro luccicante. Realizzò che un giorno Bits sarebbe stata un'adolescente, e prese il libro con una smorfia. Avrebbe dovuto sapere a cosa stava andando incontro.

Per giorni Peter aveva fatto più volte il giro dell'isola, finché la caviglia aveva smesso di fargli male. Aveva corso nella boscaglia il più possibile. Era giunto il momento e, quando annunciò la sua intenzione di partire il giorno seguente, gli altri sembrarono dispiaciuti. Se non avesse avuto un posto dove andare, sarebbe rimasto, dato che in quelle settimane si era affezionato a loro.

Ma era quasi metà settembre e lui voleva raggiungere Kingdom Come prima dell'arrivo della neve.

«Sapevo che questo momento sarebbe arrivato», disse Chuck fuori sul portico, dopo cena. «Grazie per essere restato più del dovuto, così Nat non è stata sola. Ci mancherai, Pete.»

«Potete venire tutti con me. So che avete lavorato molto a questo posto, ma sembra che questa Zona Sicura lo sia davvero.»

Chuck sospirò. «Forse il prossimo anno, se avremo sempre bisogno delle Zone Sicure. Non possiamo ancora andarci.»

«Posso chiedere perché?»

«La madre di Natalie. La sto aspettando.» Il volto dell'uomo si ammorbidì e, quando Peter non riuscì a nascondere sul suo viso il pensiero che non sarebbe arrivata, sorrise. «Lo so, è folle, ma voglio darle altro tempo.»

«Dov'era?»

«Non lo so. Eravamo separati ed era il mio weekend con Nat. Quando sono andato a casa sua, di lei non c'era traccia. È una donna sveglia, potrebbe stare ancora bene. Non come la moglie di Rich...»

Peter annuì. «Nat me lo ha raccontato.»

«Non sa i dettagli. Da quello che ha detto mio fratello, sembra che sua moglie abbia attaccato i figli. Mio nipote era morto, ma mia nipote e mia cognata erano ancora lì. Ha dovuto...»

Peter riempì il silenzio. «Merda.»

«Già. Comunque, ho lasciato biglietti in tutti i posti in cui mia moglie potrebbe andare, dicendole che siamo qui. Ci venivamo a limonare quando eravamo alle superiori.» Chuck rise. «Quindi ho potuto lasciarli senza essere troppo specifico.»

«Spero che venga.»

Chuck calciò via un sasso dai gradini. «Anch'io. So che lo farà, se potrà. Magari non per me, ma farebbe qualsiasi cosa per Natalie.»

«Beh, se cambiate idea, sapete dove trovarmi.»

«Scommetto che non vedi l'ora», rispose Chuck. La linea dritta della sua bocca si curvò leggermente. «La tua bambina è ancora lì e Nat mi ha raccontato un po' degli altri.»

«Posso solo immaginare cosa ti abbia detto.»

Chuck gli diede una pacca sulla schiena e ululò. «Ha detto che non capisce come una ragazza non possa ricambiare il tuo amore. Credo che tu abbia battuto Edward.»

Peter rise, ma poi ribatté a bassa voce: «Ero un coglione, ecco perché nessuna ragazza mi avrebbe ricambiato».

«Già», disse Chuck sospirando. «Avrei potuto fare molte cose in modo diverso. Amo ancora mia moglie e spero di avere la possibilità di rimediare. Tu hai l'occasione di cambiare le cose. Coglila.»

Peter guardò il volto ampio e gentile dell'uomo. Era il tipo di persona che, pochi mesi prima, lui avrebbe potuto snobbare considerandola sempliciotta, se solo si fosse degnato di notarlo. Non era stato maleducato in modo palese, ma per la maggior parte del tempo aveva trattato le persone come se fossero invisibili.

Forse perché si così anche lui. Ecco cosa aveva detto a Cassie, una sera, e lei aveva ribattuto che non era vero, ma lui aveva fatto finta di essersi addormentato, così da non piangere. La mattina seguente, Cassie aveva provato a sollevare di nuovo l'argomento e lui aveva letto l'insofferenza e il dolore nei suoi occhi quando l'aveva respinta. In quel momento aveva capito che quella era la sua ultima occasione, e non l'aveva colta.

Ecco cosa aveva fatto per tutto il tempo in cui erano usciti insieme. Ogni volta che la sentiva allontanarsi, lui si apriva quel tanto che bastava per farle vedere il ragazzo che aveva conosciuto quella sera. Poi si spaventava e prendeva di nuovo le distanze. Doveva averla fatta impazzire.

Beh, non aveva più paura. Adesso c'erano un sacco di altre cose di cui averne. Machete e pistole erano utili, ma l'unica cosa che poteva davvero placare la paura erano le persone. E, per la prima volta in diciotto anni, aveva qualcuno: una figlia, un migliore amico, una possibile ragazza e il resto della sua nuova famiglia. Era fortunato ad avere avuto un'altra occasione per cambiare le cose e non mandare tutto a puttane per l'ennesima volta.

Peter contraccambiò la pacca sulla schiena di Chuck. «L'ho già fatto.»

La mattina seguente Rich, Chuck e Nat erano accanto al pick-up a osservare Peter mentre gettava lo zaino sul sedile del passeggero. «Sicuro di non volere la Mercedes?» chiese Chuck. «Puoi prenderla.»

«Sicuro», rispose Peter. Sorrise e diede un calcio a uno pneumatico. «Forse adesso sono più un tipo da pick-up.»

Natalie gli si gettò addosso. «Mi mancherai!»

«Non startene lì ad aspettare un vampiro scintillante», le bisbigliò in un orecchio.

«Se tu non fossi così vecchio, sceglierei te», ribatté la ragazza e si allontanò con un luccichio negli occhi.

«Grazie, credo», rispose lui.

Avrebbe voluto che lo seguissero. Sulla strada per la baita di Cassie, avevano lasciato i Washington al campeggio con la promessa di incontrarsi, ma alla fine non si erano più presentati. Le probabilità di rivedere Chuck, Rich e Nat erano scarse o nulle. Capiva le motivazioni di Chuck, la sua speranza disperata, ma la gente aveva bisogno di allearsi. Poteva essere l'unico modo per riprendersi il mondo sbarazzandosi dei Lexer.

Tese una mano. «Grazie per esserti preso cura della mia caviglia, Rich.»

«Grazie per averci aiutato con la casa», ricambiò lui, facendo uno dei suoi rari sorrisi. «È davvero bella. Mio fratello mi avrebbe trascinato sui carboni ardenti se solo gli avessi proposto qualcosa del genere.»

Chuck diede un pugno sulla spalla del fratello e abbracciò Peter dandogli una pacca sulla schiena. «Stai attento lì fuori.»

Peter annuì e salì sul pick-up. Sul sedile accanto a lui dispiegò la mappa contrassegnata con le strade che Rich sapeva essere libere. Lo avrebbe portato a un terzo del tragitto. Dopo di che, sarebbe stato da solo. Mise in moto.

«Addio, babbeo!» gridò Nat.

Se l'era ricordato. Peter rise e salutò un'ultima volta. «Addio, babbei!»

E poi imboccò la strada.

CAPITOLO 5

IN UN PRIMO momento le strade gli fecero oltrepassare case molto distanziate e campi soffocati dalle erbacce. C'era una gran desolazione. Anche le abitazioni che non avevano segni di lotta, finestre rotte o cadaveri sul davanti sembravano abbandonate. Si sentì come l'ultimo umano sulla Terra. Non lo era, naturalmente, e quella consapevolezza era l'unica cosa che lo manteneva sano di mente. Provò a immaginare qualcuno che guidava alla cieca lungo quelle strade, sperando di trovare qualcosa oltre ai piccoli gruppi di Lexer che aveva superato, e capì come sarebbe stato possibile arrendersi. Il vecchio Peter probabilmente l'avrebbe fatto, ma non lui.

Sapeva che c'era del buono lì fuori nel mondo, nascosto in posti come i campeggi e le piccole isole lacustri. E anche se avesse raggiunto Kingdom Come e avesse scoperto che loro non erano arrivati, non si sarebbe arreso. Il solo pensiero gli fece sanguinare l'interno della guancia, ma dovette prenderlo in considerazione. Era la realtà.

Okay, l'aveva presa in considerazione a sufficienza. Si concentrò sulla strada, che si era trasformata in una corsia e mezzo di fango secco e solcato. Se Rich non gli avesse assicurato che continuava, sarebbe già tornato indietro. Alla fine, sbucò su una strada che sembrava essere stata percorsa da qualcosa di diverso rispetto ai camion di legname. La seguì verso nord, nel suo diramarsi in strade più piccole, con un minuscolo centro cittadino di tanto in tanto e gruppi di Lexer che bighellonavano nei paraggi degli empori e degli incroci deserti.

Aveva appena superato il punto del territorio mappato, quando s'imbatté nel primo blocco stradale. Non riusciva proprio a immaginare per quale motivo ci fosse un ingorgo nel bel mezzo

52

di quel tratto di strada sterrata, ma c'erano quattro auto e nessun modo per aggirarle. Guardò nel bosco per assicurarsi che fosse libero e fece il minimo rumore possibile con gli stivali mentre si aggirava intorno alla scena. All'interno di una delle auto c'era un corpo con un braccio solo e la testa appoggiata al finestrino.

Si spinse tra il corpo e l'auto a fianco, e quasi se la fece sotto quando il corpo si mosse. La testa sbatté contro il finestrino e la pelle coriacea del viso mummificato lasciò una scia di scaglie dietro di sé. Poi si inginocchiò sul sedile, gli occhi affamati venati di rosso. Peter espirò e lo guardò dimenarsi. A volte aveva la sensazione di vivere in un sogno, o meglio, in un incubo. Era incredibile che esistessero gli zombie. Forse Nat *avrebbe dovuto* aspettare che quel vampiro scintillante facesse la sua comparsa.

Si avvicinò all'auto di testa, una Prius argentata messa di traverso sulla strada. Le auto dietro ci avevano sbattuto contro quando si era fermata di colpo dopo aver urtato qualcosa. Quel qualcosa era sotto la ruota anteriore, ancora vivo. O non morto, a scelta. Allungò le braccia in alto e digrignò i denti con tale impeto che quasi si separò dalle gambe bloccate sotto la ruota. Peter gli conficcò il machete nell'occhio.

La portiera della Prius era aperta, ma le chiavi erano sparite. Che lui sapesse, non c'era un altro modo per metterla in folle. Scommetteva che John avrebbe saputo farlo. Tutt'al più Peter sapeva cambiare una gomma, controllare l'olio e cose del genere. Non era un completo idiota, ma sotto un cofano era perso. Tentò di spingere la Prius via dalla strada, sentendosi uno stupido mentre ci provava. Per Nat poteva anche essere un supereroe, ma l'auto non si mosse.

Superò quella con lo zombie all'interno e gli mostrò il dito medio quando la creatura si arrabbiò di nuovo. Forse era un gesto infantile, ma lo fece sentire meglio. Era ora di tornare sui suoi passi. Dopo quattro ore di viaggio era solo a un terzo della strada. Sapeva che non sarebbe stata una passeggiata, ma questo era più che scoraggiante. Se tutte le strade fossero state in condizioni simili, avrebbe dovuto trovare una bicicletta. In realtà, non era una cattiva idea. Sarebbe tornato indietro, ne avrebbe cercata una e l'avrebbe lanciata nel pick-up, per sicurezza.

Nel garage di una casa, da qualche parte a sud di Rutland, c'era una bicicletta. Era abbastanza alta per il suo metro e ottanta, e le gomme non erano a terra. Aveva perfino alcune borse e una piccola pompa. Pensò di entrare in casa, ma dopo aver bussato e aver ricevuto in risposta una serie di colpi, decise di non correre rischi. Aveva abbastanza cibo per qualche giorno. Non aveva senso cercare guai. Probabilmente Ana avrebbe discusso per entrare, solo per farsi due risate. Scosse la testa e sorrise. *Banana...* era il soprannome che Penny e Cassie le avevano dato, ed era appropriato.

Alcuni Lexer erano passati mentre era in garage, quindi controllò attentamente prima di caricare la bici e andarsene. A giudicare da quanti ne aveva visti in quella zona abbastanza isolata, dirigersi verso una città delle dimensioni di Rutland sarebbe stata una pessima idea.

Proseguì verso est e verso nord, lungo strade sterrate e altre che era come se lo fossero, con tutto l'asfalto rattoppato, ma almeno erano praticabili. Finché la strada si snodava attraverso terreni agricoli, c'era un bordo o dell'erba su cui aggirare le inevitabili auto abbandonate. Il problema era quando la strada si restringeva nel bosco. Google Earth sarebbe stato utile, dato che la mappa non mostrava su che tipo di terreno passavano le strade. *Per fortuna non c'erano molti alberi nel Vermont.* Sbuffò per la sua stessa battuta e si rese conto di essere di nuovo inverosimilmente felice. Stava picchiettando sul volante e canticchiando sottovoce senza rendersene conto. Chissà perché.

La luce del sole che filtrava nel pick-up era abbastanza calda da spingerlo ad aprire leggermente un finestrino. Non osava togliersi la giacca di pelle, nel caso fosse dovuto scappare. Nelle ultime settimane il tempo era cambiato: prima era stato caldo e umido, adesso era fresco e gli alberi iniziavano a mostrare i colori autunnali. Il viaggio sarebbe dovuto durare altri duecento chilometri, ma probabilmente erano più di duecentoquaranta, contando le strade secondarie. Aveva ancora un bel po' di benzina, anche se aveva dovuto fare marcia indietro un paio di volte.

Stava percorrendo una delle strade più grandi verso Northfield, concedendosi la visione di essere a Kingdom Come al tramonto, quando colpì un muro. E non era un muro metaforico. Era un muro di mattoni e pietra costruito appena a nord di un incrocio tra due strade. Si congiungeva con un grande edificio su un lato e con una casa sull'altro, prima di continuare in lontananza.

Accostò parallelo al muro e salì sul tettuccio del pick-up. Sulla sinistra si trovavano gli edifici di un piccolo college, sulla destra alcune case residenziali. Gli edifici bianchi del college erano circondati da alberi che iniziavano a diventare dorati e arancioni. Era una vista piacevole, anche se deserta. Non c'era neppure una creatura vivente dietro il muro, anche se da un thermos rovesciato e da un gruppo di sedie sembrava che qualcuno, a un certo punto, lo avesse difeso. «C'è nessuno? C'è qualcuno qui?»

Ci fu del movimento dall'altra parte del parcheggio. Apparve un Lexer, seguito da un'altra decina. Peter sapeva che non dormivano quando non davano attivamente la caccia alle persone, ma una volta che ti fiutavano, era come se si risvegliassero. Entro nel pick-up e si diresse a sud prima che si potessero avvicinare. Era tornato alle strade secondarie e ai possibili ingorghi.

Sulla Route 100 tutto andò storto. Non aveva avuto altra scelta che prenderla; le strade tortuose lo conducevano tutte sulla strada principale per almeno qualche chilometro e doveva passare sotto la I-89. Si stava facendo largo in un labirinto di auto sul ponte che portava al cavalcavia, quando udì un colpo di pistola e la gomma anteriore scoppiare. Il suo primo pensiero fu di chinarsi, il secondo che era fottuto; poi il pick-up virò a sinistra e si fermò contro una delle auto, che all'improvviso non sembravano più distanziate in modo così casuale. Stava seguendo un labirinto che era stato progettato per rallentare le auto e dare alle persone che l'avevano creato tutto il tempo di sparare. La sua testa sbatté sul volante, ma andava abbastanza piano da non farsi niente.

«Scendi dal furgone!» gridò la voce di un uomo da sotto il cavalcavia. «Subito!»

Peter spostò indietro il sedile del conducente in modo da avere più spazio per accovacciarsi mentre apriva la portiera. «Cosa volete?» urlò. Era difficile farsi sentire; la sua bocca era un deserto.

«Voglio che scendi dal furgone!»

Impugnò la pistola e rifletté sul da farsi. Qualunque cosa volessero, non sarebbe finita bene. Potevano prendersi tutto quello che aveva lui, che non era molto, ma chiunque avesse messo tanta cura nel sorvegliare i viaggiatori, probabilmente non li avrebbe lasciati andare.

Gridò di nuovo per individuare la direzione della voce. «Perché?»

Il parabrezza si incrinò per la forza di un altro proiettile e la voce tornò a farsi sentire. «Scendi dal furgone o spareremo finché *non potrai* più farlo.»

Il suo interlocutore era a una trentina di metri più avanti, dietro uno dei pilastri di cemento. Peter si avvicinò al sedile del passeggero e prese lo zaino, poi ci cacciò dentro la mappa e se lo mise in spalla. Infilò la pistola nella fessura della portiera aperta e sparò al pilastro. Aspettò che gli venissero restituiti diversi colpi. Arrivarono in ordine, *boom*, *boom*, *boom*, come se ci fosse un solo tiratore, non di più. Forse non volevano sprecare munizioni, ma Peter pensò che ci sarebbe dovuta essere più azione di quell'unica voce e pistola. Sembrava fossero disperati, il che poteva essere letto in entrambi i sensi: o erano abbastanza disperati da lasciarlo andare se avesse dato loro le sue provviste, o erano così disperati da ucciderlo a vista.

«Non ho molto», disse Peter. Dovette impegnarsi a fondo, ma alla fine riuscì a dare l'impressione di non essere spaventato. «Ma è vostro se mi lasciate andare via. Voglio solo andare a nord.»

Ci fu un minuto buono di totale silenzio dalla parte del pilastro. Poi un proiettile colpì la portiera. Immaginò che quella fosse la risposta. Lo fece incazzare. Si era offerto di rimanere in mutande e questi volevano ucciderlo lo stesso. Amen. Sparò di nuovo al pilastro, aspettò i colpi di risposta, che arrivarono, seguiti da una pausa. Forse stavano ricaricando o ci stavano ripensando, ma questa era la sua occasione. Estrasse le chiavi dall'accensione (senza sarebbe stato difficile spostare il pick-up), le gettò dal ponte e corse sul retro del veicolo. C'era un'altra strada per il nord-ovest che avrebbe potuto prendere sotto la I-89. Abbassò il portellone e tirò la bici a terra.

Aveva pensato di rimanere giù basso e di condurre la bici attraverso il labirinto di auto. La strada girava alla fine del ponte e, prima che avessero potuto spostare il pick-up e inseguirlo, lui sarebbe già stato lontano. Forse non si sarebbero nemmeno disturbati. Si sporse e sparò di nuovo. Questa volta non ci fu una risposta al fuoco, ma sentì dei tonfi sordi, come scarpe da ginnastica sul cemento. Li sentì un'altra volta in rapida sequenza e poi si interruppero, come il battito del suo cuore.

Si assicurò di avere i piedi dietro la ruota del pick-up e poi sbirciò sotto il mezzo. Ci fu di nuovo quel rumore, insieme al tintinnio del metallo. Poi, due auto più avanti sulla sua sinistra, vide la punta di una scarpa da ginnastica comparire da dietro un'auto. Ci fu un leggero fruscio e il piede si allungò sulla strada, come se il suo proprietario fosse scivolato a terra. Il fondo lacero di una gamba rivestita di jeans apparve.

Peter sapeva di essere compassionevole, ma non voleva uccidere persone vive se non era strettamente necessario. Ne erano rimaste davvero poche. Ma l'avrebbe fatto. Si sdraiò sulla strada dietro lo pneumatico e allineò il mirino con la parte più carnosa del polpaccio dell'uomo. Espirò parzialmente, proprio come gli aveva insegnato John, e premette il grilletto.

L'esplosione di denim e sangue sorprese Peter per la sua brutalità. Si era immaginato più una ferita da perforazione, come quella di Nel, anche se aveva colpito vicino al bordo della parte carnosa del polpaccio. Quel calibro 45 aveva distrutto lo stinco dell'uomo. Ora era un'esca per gli zombie. Peter scoprì che non gli importava; il suo cuore poteva essere duro come quello di chiunque altro.

Raggiunse la bicicletta, ma si abbassò quando sentì alcuni passi tra le grida agonizzanti dell'uomo a cui aveva sparato. Forse *c'era* più di una persona sotto il cavalcavia; ma quei passi non stavano correndo per aiutare il loro compagno e non erano furtivi. Venivano da entrambe le estremità del ponte. Il rumore doveva aver attirato i Lexer.

Rimase abbassato, con una mano aggrappata al telaio della bicicletta, e aspettò. I passi sul suo lato si stavano avvicinando. Avrebbero dovuto superarlo per raggiungere le grida di dolore che si erano trasformate in grugniti. L'uomo stava cercando di non fare rumore, ma Peter immaginò che fosse difficile con una gamba quasi saltata via all'altezza del polpaccio.

Nascondersi era l'unica opzione. Peter non sapeva quanti ne stessero arrivando e se sarebbe stato in grado di farsi strada tra di loro. Si infilò sotto il pick-up, tenendo lo zaino con una mano, e guardò i Lexer avvicinarsi. C'erano almeno una decina di paia di piedi. Scarpe da ginnastica, piedi nudi con le dita sporche e coperte di piaghe e una solitaria scarpa elegante da uomo gli passarono davanti, tutti diretti verso la persona che potevano udire e annusare.

Peter si mise una mano in tasca e armeggiò con i proiettili che ci aveva messo per sicurezza. Li inserì nella pistola, chiuse silenziosamente il cilindro e osservò altri Lexer seguire il primo. Si avvicinarono al retro del pick-up e alcuni inciamparono sul telaio della bici. L'uomo cominciò a fare versi da animale spaventato. Peter si girò in modo da poter ruotare la testa in entrambe le direzioni. Riuscì a vedere solo la parte posteriore delle gambe dell'uomo, mentre si rimetteva in piedi, o sul piede, e si appoggiava alle auto per saltare indietro da dove era venuto. Smise di saltare, alcuni colpi risuonarono e due Lexer caddero sul cemento. Ma Peter notò altri piedi in arrivo, proprio come dal suo lato del ponte. I Lexer si stavano avvicinando all'uomo. Arrivarono altri quattro colpi e poi Peter intuì che aveva finito le munizioni, perché cominciò a saltare all'impazzata e in modo disperato. Ci fu un urlo acuto, così diverso dalla voce che aveva chiesto a Peter di scendere dal pick-up.

L'uomo cadde a terra e Peter intravide il suo mancato assalitore. Capelli scuri, viso magro. Un tipo normale, forse perfino una persona gentile. Si trascinò nella direzione di Peter, a bocca aperta, finché un Lexer non gli cadde addosso e lui ululò, mentre i denti gli mordevano la schiena. Scorse Peter sotto il pick-up e sgranò gli occhi. «Aiuto! Aiutami!»

Era troppo tardi per aiutarlo, ma Peter non l'avrebbe fatto comunque. Per alcune cose valeva la pena morire, ma quell'uomo, che aveva pensato che la vita di Peter valesse meno di niente, non era una di quelle.

Eppure, fu terribile da guardare. Lo mangiarono vivo, lo fecero a pezzi arto per arto, finché uno si inginocchiò vicino alla sua testa, bloccando così la visuale a Peter. La maggior parte dei Lexer che lo avevano oltrepassato aveva raggiunto l'uomo. Ora era la sua occasione. Si preparò a correre, ma altri piedi circondarono un'auto dietro di lui. Forse era meglio aspettare che si fossero spostati. Poteva rimanere sotto il pick-up per tutto il tempo necessario.

E con quel pensiero, l'universo decise di prenderlo in giro. Il piede di un Lexer si impigliò nel telaio della bici facendolo cadere a terra. Peter si bloccò, ma gli occhi bordati di nero e itterici lo videro. La sua bocca si aprì, sfoggiando i denti scheggiati, e lasciò uscire un gemito che fece fermare gli altri a metà strada.

Non c'erano più le urla dell'uomo a coprire i sibili di quel Lexer, ma solo i rumori umidi e ovattati di quelli che stavano mangiando. Il Lexer cercò di trascinarsi verso Peter, ma i suoi piedi rimasero impigliati nel telaio. Due Lexer caddero a pancia in giù e i loro volti, butterati e marci come quello del primo, scrutarono sotto il telaio del pick-up.

Doveva correre. Rotolò nello spazio a forma di V creatosi tra il pick-up e la berlina contro cui si era schiantato. La bici era una causa persa, ma si agganciò lo zaino sulla schiena. Il sole quasi lo accecò e tenne la pistola sollevata finché non riuscì a vedere. C'erano più di una decina di Lexer tra lui e la fine del ponte, e tutti percorrevano lo spazio che aveva attraversato. Saltò sulla berlina e poi corse sopra il tettuccio e giù lungo il bagagliaio, prima di saltare sul veicolo successivo.

Peter era già saltato su tre auto prima che quelli impegnati a mangiare si accorgessero di lui. Adesso il labirinto che lo aveva portato in quel casino era la sua unica salvezza. Saltò da un'auto all'altra e poi si fermò sul cofano di una Taurus alla fine del labirinto, dove un gruppo di sei Lexer lo stava aspettando. Non era facile colpire alla testa dei bersagli mobili, specialmente di quelli che si muovevano in modo così casuale e, solo quando si furono avvicinati, ne colpì tre. Un'occhiata dietro di lui confermò che in pochi minuti ne sarebbero arrivati altri quindici; così spostò la pistola nella mano sinistra, estrasse il machete con la destra e saltò sui tre in piedi davanti a lui.

Quel salto ne fece cadere uno a terra. Con la mano sinistra spinse la pistola sotto il mento di quello che gli aveva afferrato il braccio e sangue marrone schizzò verso l'alto. Una spinta sul petto dell'altro Lexer gli diede abbastanza spazio per conficcargli la lama del machete in bocca.

Cercò di correre, ma fu trascinato all'indietro da quello che aveva buttato a terra e che aveva infilato un braccio nella cinghia inferiore del suo zaino, al quale ora era aggrappato, con i denti pronti ad azzannarlo. Peter scalciava come un cavallo, ma quello non lasciava la presa. Era un peso morto; un peso morto con i denti. Gli altri Lexer erano a sei metri di distanza; stava perdendo il suo vantaggio.

Peter slacciò le cinghie sul petto e in vita per far cadere lo zaino. Avrebbe potuto cavarsela senza provviste, anche se le probabilità si erano ridotte, dopo aver perso una cosa dopo l'altra sulla strada verso nord. Ma tutte le provviste del mondo non gli sarebbero servite a nulla se fosse morto. Con un ultimo tentativo disperato, afferrò il machete, si girò per far oscillare il Lexer al suo fianco e poi portò l'arma verso il basso e all'indietro con un movimento ad arco. Ci fu uno scricchiolio, il peso morto divenne ancora più morto e la sua presa si allentò abbastanza da scrollarselo di dosso. I polpastrelli del primo Lexer del gruppo in avvicinamento, coperti di sangue secco e crepitante, gli sfiorarono il braccio. Peter si precipitò alla fine del ponte e corse verso ovest sulla strada a due corsie. Era sudato e terrorizzato, ma vivo. Vivo.

Dopo più di un chilometro e mezzo, Peter si fermò in mezzo alla strada e tracannò dell'acqua. La caviglia stava bene e fu grato di aver ascoltato il consiglio di Rich. Si scostò i capelli gocciolanti dalla fronte e si diresse verso una casa vicina. Sul davanti c'erano un SUV e un garage a due posti che avrebbe potuto contenere una bicicletta. Forse era troppo sperare che il mezzo partisse. Quando lui e John avevano preso il pulmino usato per lasciare la baita, la batteria era così morta che il motore non era partito neanche con i cavi, ed era stata necessaria una nuova batteria. Dopo cinque mesi era probabile che molte batterie delle auto fossero morte. Ci avrebbe provato comunque, se non fosse stato per il problema di non avere niente a disposizione con cui farlo. A ogni modo, avrebbe cercato le chiavi e sperato per il meglio.

Con l'impugnatura del machete aprì una finestra sulla porta laterale del garage e girò la serratura. Non c'era una bici, bensì un fuoristrada, che scoprì essere inutile quando provò la chiave. Un quad sarebbe stato perfetto. A volte era esasperante essere circondati da così tanti oggetti che potevano salvarti la vita, se solo avessero funzionato, maledizione.

La porta di collegamento con la casa era aperta e l'interno era tranquillo e silenzioso. Capi di abbigliamento erano sparsi sul pavimento e una piccola borsa termica si trovava all'ingresso della grande cucina. Chiunque avesse abitato qui, una famiglia a giudicare dalle foto, se n'era andato in fretta. Peter stava per finire l'acqua. Il frigo era vuoto, così controllò la borsa termica.

Il fetore sotto il coperchio era terribile. La mancanza di ossigeno non aveva permesso al cibo decomposto di asciugarsi, ma non aveva impedito che si liquefacesse in una poltiglia che puzzava di denti marci e morte. Puzzava di Lexer. C'erano un paio di lattine di Pepsi sopra il pozzo nero di carne e frutta. Ne prese una, la aprì e deglutì. La dolcezza frizzante smorzò il sapore aspro nella sua bocca. Avrebbe potuto essere la migliore bevanda che avesse mai assaggiato. Voleva assaporarla, ma era arrivato all'ultimo sorso senza respirare. Nel avrebbe ucciso per una lattina; aveva finito l'ultima Pepsi nel vicino Wal-Mart e poi era andato in astinenza, come James con la sua cara nicotina.

Peter mise l'altra lattina nello zaino e prese qualche confezione di zuppa dai mobiletti. C'era anche del cibo in scatola, ma lo lasciò: aveva abbastanza scorte ed era carico. Perché l'uomo sotto il cavalcavia non aveva controllato le case vuote? Non aveva senso. Ma niente ne aveva se si pensava secondo le vecchie regole. Forse l'uomo era impazzito. Vivere da soli per mesi faceva questo effetto. Peter si sedette sul divano, con la mappa aperta in grembo. Pensava di essere tra i novantacinque e i centodieci chilometri da Kingdom

Come. Forse due o tre giorni di cammino, a seconda di ciò che avrebbe trovato lungo la strada.

Una bicicletta sarebbe stata più veloce. Tracciò un percorso nella sua testa e guardò l'orologio. Erano le due. Poteva procedere per qualche ora, ma avrebbe dovuto trovare un posto per la notte dove dormire. Inoltre, non si era allontanato molto dal ponte. Non sapeva per quanto tempo i Lexer avrebbero seguito le sue tracce, ma suppose che presto lo avrebbero raggiunto, se avessero camminato a un chilometro e mezzo all'ora.

Uscì dalla porta d'ingresso, provò il SUV, morto, come previsto, e corse su per la strada che lo avrebbe portato dritto attraverso Waterbury, facendogli superare la I-89. Naturalmente era riuscito a farsi trovare nell'unica parte del Vermont che non aveva mille strade sterrate che la attraversavano.

Camminò il più velocemente e il più silenziosamente possibile. A un certo punto, un gruppo di Lexer si fermò sulla strada davanti a lui e Peter passò attraverso i cortili delle case. Probabilmente avrebbe potuto superarli di corsa, ma non era ansioso di riprovarci. Infine, raggiunse il ponte sul fiume che aveva costeggiato. Considerò l'idea di attraversare il fiume a nuoto e di camminare attraverso i boschi fino a raggiungere la I-89, ma senza una bussola o una mappa migliore avrebbe potuto perdersi. Ecco le ultime parole famose perfette per la circostanza: *Costeggeremo gli alberi e li seguiremo verso nord. Sempre dritto.* No, avrebbe seguito la strada finché non fosse stato più vicino.

Peter tirò un sospiro di sollievo al ponte vuoto. Almeno qualcosa stava andando bene quel giorno. Era sicuro di aver visto una figura che veniva trascinata a valle nel fiume. Quanto meno gli zombie non sapevano nuotare. Se il fiume fosse scorso verso nord, avrebbe perlustrato la zona in cerca di una barca, ma la mappa indicava che andava verso ovest.

Peter attraversò Main Street e si diresse verso una casa in cerca di una bicicletta. Finora si era imbattuto solo in un paio di biciclette per bambini. Aveva riso al pensiero di pedalare attraverso il Vermont sulla bici viola di Campanellino trovata in una di quelle rimesse che aveva superato, ma l'avrebbe sicuramente presa se gli fosse andata bene, cazzo.

Ma quella casa sembrava promettente. La Subaru sul davanti aveva un adesivo della campagna *Share the Road* e un portabici. Stava riflettendo su come entrare nel garage facendo il minor rumore possibile, quando intravide una massa scura sotto gli alberi nel cortile. Si fermò di colpo e trattenne il respiro. Non l'avevano ancora visto. Indietreggiò, appoggiando delicatamente un piede dietro l'altro e fermandosi ogni volta che uno di loro sembrava potersi girare dalla sua parte.

Era quasi fuori dalla visuale quando uno lo notò: si mosse verso di lui, emettendo un ringhio che raggiunse l'altra parte della strada. Peter non aspettò di vedere se gli altri lo avrebbero seguito: era sicuro che lo avrebbero fatto. Girò sui tacchi verso la strada che si diramava dalla Main. Era un vicolo cieco, aveva controllato prima, ma era sul lato destro del fiume.

Era una stretta strada asfaltata, con case che avrebbero potuto contenere biciclette e una stazione di servizio con possibili rifornimenti. Corse tenendo i binari della ferrovia alla sua sinistra e il fiume alla sua destra, finché non individuò un percorso a piedi che superava i binari ed entrava nel bosco. Corse sulla ghiaia e attraverso un tunnel pedonale buio, dove un Lexer lo stava aspettando, allertato dal rumore dei suoi stivali. Gli occhi di Peter si adattarono appena in tempo per vedere le sue braccia tese. Non c'era tempo per fermarsi, così lo sbatté contro il muro e continuò ad andare avanti, troppo preso dalla sua fuga per essere spaventato.

Il percorso proseguiva tra gli alberi e si restringeva gradualmente, finché Peter non fu sicuro di essere ancora su un sentiero. I rami degli alberi gli colpirono la faccia e cadde in avanti, per poco non sbattendo su un masso piatto lungo il sentiero. *Calmati.* Si costrinse a fermarsi ad ascoltare, anche se le gambe gli tremavano per il desiderio di fuggire. Ma correre alla cieca nel bosco era un'idea stupida. Aveva un sacco di idee stupide quando si trattava di quel genere di cose. Un ragazzo ricco cresciuto a New York non aveva le risposte a quel tipo di situazioni difficili. Anche

Cassie era cresciuta a New York, ma non era né ricca né la tipica ragazza di città. Quando l'aveva conosciuta aveva ancora tutti i suoi adorati libri di sopravvivenza con le orecchie, esposti con orgoglio sugli scaffali. Ne aveva portato solo uno da New York e l'aveva regalato ai bambini dei Washington. Le avevano chiesto di firmarlo, come se l'avesse scritto lei stessa. All'epoca Peter l'aveva trovato seccante, ma perché tutto lo irritava, compreso se stesso. Ora pensava che fosse una cosa dolce. Hank e Corrine erano dei bravi bambini, come Bits. Non sopportava che tutto ciò che i Washington avevano visto di lui fosse un uomo egoista e lamentoso, che si comportava come un bambino più di quanto non lo facessero i bambini stessi.

C'era silenzio sul sentiero dietro di lui. Forse quelli di Waterbury non avevano visto dove era andato e quello del cavalcavia, che avrebbe dovuto uccidere ma non l'aveva fatto perché era un idiota, sembrava non averlo seguito. Questo era un bene, considerando che ora aveva perso il sentiero e non aveva idea di quale strada prendere. *Ascolta le auto sull'autostrada e segui il rumore*, scherzò con se stesso. Era una cosa un po' stupida, ma il fatto che riuscisse a scherzare dimostrava come Nel e Cassie lo avessero contagiato; quei due non la piantavano mai.

A nord. Finché fosse andato a nord, si sarebbe diretto nella direzione giusta. Era pomeriggio, quindi tenne il sole alla sua sinistra e camminò il più dritto possibile. Secondo la mappa, se avesse continuato verso nord e non fosse salito su nessuna montagna, alla fine avrebbe trovato una strada. Dopo quella che gli sembrò un'eternità, la trovò. Aveva finito l'acqua e stava conservando la seconda Pepsi, così riempì la bottiglia in uno stagno artificiale dietro un'enorme casa di lusso, che vantava una gigantesca piscina piena di alghe. Chiunque vivesse lì era ricco sfondato. Accarezzò l'idea di entrare, ma alcuni Lexer, uno dei quali aveva ancora uno straccio per spolverare infilato nella tasca del grembiule, si precipitarono alla finestra appena lo videro. Lui si allontanò. Un tempo, la vista di qualsiasi Lexer lo avrebbe terrorizzato, ma ora risparmiava il panico per quelli che avrebbero potuto raggiungerlo. Doveva conservare l'energia e l'adrenalina per farne buon uso.

Passò davanti ad altre case di lusso, ma nessuna grande come la prima. Le pasticche di iodio dovevano dissolversi completamente prima che lui potesse bere l'acqua e stava contando i minuti. Sarebbe stato bello avere uno di quei filtri da escursione, dato che funzionavano più velocemente e non conferivano all'acqua quel saporaccio di iodio, ma era contento che avessero pensato a mettere le pasticche in ogni zaino. L'acqua dal sapore schifoso era meglio di quella che uccideva.

Mentre lasciavano la città si erano sentiti male perché lui e Ana non avevano filtrato l'acqua. Avrebbe potuto ucciderli tutti. Un'altra cosa da ricordare e da mettere nelle *Memorie di Peter il coglione*. Stava per avere un vivace attacco di autoflagellazione, quando si rese conto che aveva due scelte: rimproverarsi per tutto quello che aveva fatto di sbagliato o perdonarsi ed essere la persona che era diventato. Nessun altro portava rancore, quindi perché lo stava facendo lui? Poteva ricominciare da zero. Se fosse arrivato a Kingdom Come si sarebbe considerato rinato.

Era tutto fantastico, ma prima doveva trovare il modo di raggiungere una strada principale, perché le vie su cui si trovavano quelle case erano tutte ad anello. Non erano segnate sulla mappa, così ne seguì una a ovest finché non ne raggiunse una che andava a nord e poi un'altra, che terminava in un vicolo cieco. Doveva avvicinarsi alla strada principale, a strade che poteva tracciare sulla mappa, anche se avrebbe potuto non essere al sicuro.

Si imbatté in un gruppo di case normali. Le preferiva a quelle grandi. C'erano più probabilità di trovare biciclette in garage e cibo in scatola sugli scaffali, come la casa in cui aveva trascorso i suoi primi dodici anni. I suoi genitori erano benestanti, ma non ricchi. Vivevano a Westchester, in una bella casa con molto spazio e un giardino enorme, ma con biciclette in garage e cibo sugli scaffali.

Davanti a una fattoria verde e scrostata, erano parcheggiati un furgone e una berlina, nonostante il garage a due posti. Sperava che ciò significasse che il garage era pieno di cianfrusaglie e che tra quelle ci fosse anche una bicicletta. Non dovette fare irruzione; la porta si aprì cigolando e niente si scontrò con il suo machete. Lì, dietro il banco da lavoro polveroso, era appoggiata una bicicletta da uomo che sembrava essere di dimensioni adatte. Gonfiò le gomme a terra con la pompa che aveva trovato e che legò alla parte posteriore della bicicletta, usando una delle tante corde elastiche che giacevano aggrovigliate.

Chiunque avesse vissuto lì era un disordinato, ma un disordinato che aveva quasi tutto ciò di cui Peter aveva bisogno. Questa era la sua casa fortunata. Forse avrebbe dovuto cercare altre provviste all'interno. La maniglia della porta d'ingresso girò con facilità. Usò il collaudato e accurato metodo per chiamare gli zombie, e gridò: «C'è nessuno? C'è qualcuno qui?»

Sentì dei passi lenti e strascicati. Due Lexer avanzarono sul tappeto sbiadito del soggiorno. Uno apparve in cima alle scale e subito cadde giù per l'eccitazione. Peter non aspettò di vederlo colpire il pavimento dell'atrio. Non c'era niente di cui avesse così bisogno e ormai l'acqua era pronta. Tracannò qualche sorso, mentre i corpi colpivano l'altro lato della porta chiusa. Niente panico, anche se sobbalzò; poi salì sulla bici e proseguì. Erano quasi le sei, era ora di trovare un posto per dormire. Non voleva essere sorpreso là fuori nel buio.

Peter lo trovò quando si avvicinò alla strada principale: una casa gialla, con due camere da letto, aperta. Una volta verificata l'assenza di occupanti, chiuse a chiave e si sdraiò sul divano verde con lo zaino accanto. Lo stomaco gli brontolava, ma riuscì soltanto a raccogliere l'energia sufficiente per chiudere gli occhi. Tenne la fondina e il machete al suo fianco e pensò al fatto che si trovava a soli sessantacinque chilometri da Bits, da Ana, anche se gli sembravano mille. Ma domani sarebbe stato da loro. Sessantacinque chilometri in bicicletta non erano un problema.

CAPITOLO 6

AVREBBE VOLUTO MANGIARE, ma si svegliò solo poco prima dell'alba. Il bagno senza finestra era uno spazio sicuro dove poter ispezionare il cibo con la torcia. Di certo avrebbe scelto la grande confezione di brodaglia; moriva di fame. C'era scritto "Ravioli di manzo" e forse lo erano, in un universo parallelo. Ma poteva andare peggio; aveva visto lo stufato ed era felice di non averlo sperimentato personalmente. Li trangugiò e aprì la confezione riportante la scritta "Sfoglie ripiene", strappandola. Ora sì che si ragionava. Peccato che non fossero della marca Pop-Tarts.

Usò il WC a secco. Nessuno se ne sarebbe lamentato. Quando uscì dal bagno, c'era abbastanza luce per andarsene. I mobiletti della cucina erano vuoti. Non era un problema: aveva cibo a sufficienza per qualche giorno. Ma aveva bisogno di acqua. La bottiglia da un litro nello zaino era quasi finita. Ne prese una vuota da poter riempire una volta trovata dell'acqua, per sostituire quella che aveva stupidamente lasciato nel pick-up.

C'era una nebbia fitta, che avrebbe potuto aiutarlo a non farsi vedere dai Lexer. Ma la nebbia andava in entrambi i sensi, quindi pedalò abbastanza lentamente da potersi fermare se necessario, continuando tuttavia ad andare a una discreta velocità. La strada a due corsie costeggiava fattorie e campi diventati prati ricoperti di fiori selvatici. C'era un groviglio di auto, che sembrava essere stato spostato per permettere il passaggio di un veicolo, e c'erano anche diversi Lexer, ma la bicicletta fece la differenza. Passò sfrecciando e, nel momento in cui avevano capito che era arrivata la colazione, lui se n'era già andato via.

La nebbia si era dissolta e il cielo era di un azzurro chiaro con nuvole gonfie. L'insegna di una stazione di servizio apparve davanti a lui. Decise di cercare dell'acqua. In realtà, qualsiasi bevanda

67

sarebbe andata bene. Aveva quasi raggiunto il bivio per la strada secondaria che intendeva prendere verso nord, e probabilmente non ci sarebbero stati negozi lungo il tragitto.

Le porte della stazione di servizio erano chiuse a chiave, e per entrare sarebbe stato necessario rompere il vetro, se qualcuno non ci avesse già pensato. Era un bene non dover fare rumore, ma probabilmente significava che non c'era più niente di valore. Tuttavia, passò attraverso l'apertura e camminò sopra i vetri, facendoli scricchiolare, oltre gli scaffali svuotati da qualsiasi tipo di cibo, fino ai frigoriferi che fiancheggiavano il retro. Tutto ciò che era rimasto erano latte e succo d'arancia andati a male. Peter sospirò. Aveva appena tracannato il resto dell'acqua e aveva ancora sete. Si chinò per scrutare gli scaffali più bassi e si lasciò sfuggire un silenzioso grido di gioia. Era lì, di lato sul fondo: una piccola e solitaria bottiglia d'acqua.

Ruotò il tappo e si concesse un quarto della bottiglia, poi la infilò nella tasca laterale dello zaino prima di dirigersi verso la porta. Lì fuori un Lexer annusava intorno alla sua bici. Stava proprio annusando, come un cane. Girò la testa con piccoli movimenti a scatti e grugnì appena lo vide. Era quasi un saluto. *Ehi, come va? Sto pensando di mangiarti.* Il machete raschiò uscendo dal fodero e Peter avanzò per incontrare il suo nuovo amico a metà strada. Conficcò il machete lateralmente nel collo del Lexer e poi lo estrasse di nuovo.

Bisognava spaccare la testa, ma se si arrivava appena sotto la mascella e si inclinava il machete verso l'alto, ci si riusciva con un po' meno sforzo. Suppose che nella parte inferiore ci fosse abbastanza cervello da ucciderli una volta per tutte. Pulì la lama nell'erba e montò in sella alla bici. La brezza era piacevole; gli impedì di avere un caldo insopportabile con tutti quegli strati, senza dimenticare la solida barriera di sudore che si era formata tra la schiena e lo zaino.

La curva era poco più avanti. Peter si stava avvicinando ed era mattina, aveva tutta la giornata davanti a sé. A quindici chilometri a nord c'era un parco nazionale con un lago, dove avrebbe fatto rifornimento d'acqua. Avrebbe fischiato, se avesse potuto farlo in silenzio.

A metà strada verso il parco nazionale, gli sembrò di sentire dei rumori nel bosco. Inforcò la bici e si posizionò al centro della strada, tendendo le orecchie. Uno schianto provenne da dietro; si girò e vide i Lexer che si riversavano in strada. A decine. Mise i piedi sui pedali e prese velocità dietro la curva, ma trovò un altro gruppo. Sembravano far parte del primo; era nel bel mezzo di uno di quei branchi migratori di cui Zeke li aveva avvertiti. Era finito nell'occhio calmo di un ciclone di Lexer.

Erano troppo vicini perché lui potesse farcela con la bici. Avrebbe potuto abbandonarla e correre nel bosco, ma sembrava che ce ne fossero altri lì dentro. La brezza non lo rinfrescava più: era un fascio di nervi tremante e sudato. Ecco per cosa conservava l'adrenalina. Un parcheggio per roulotte, più avanti sulla destra, che andava sotto il nome di "Elmore Estates", era l'unica altra opzione. Ciò significava dirigersi verso il gruppo zoppicante e ringhioso che gli stava venendo incontro, ma doveva provarci.

Pedalò con furia verso i primi Lexer. Un paio di mani sudice afferrarono il manubrio e la bicicletta gli sfuggì di mano. Riuscì a evitare di farsi trascinare a terra e si diresse verso l'ingresso del parco. Elmore Estates consisteva in un anello di roulotte ai lati di ogni vicolo. L'intero parcheggio era circondato da una recinzione di rete metallica con strisce verdi per la privacy. Sembrava che fosse stato tenuto bene, ma ora i fiori nei vasi erano morti; alcune porte pendevano dai cardini; e la spazzatura era sparsa ovunque.

Peter prese il vicolo di destra. Una roulotte con una porta rotta sarebbe stata inutile e, se avesse dovuto buttarla giù lui, l'avrebbe resa inutile. Corse verso la finestra aperta della quarta in basso a sinistra, e tagliò la zanzariera con il machete, proprio quando il gruppo entrò nel suo campo visivo. Avrebbero potuto vederlo. Seguì il suo zaino dentro e chiuse con forza la finestra.

Si ritrovò in un soggiorno vuoto con un ampio ingresso che portava in una cucina, anch'essa vuota. Nel corridoio poco illuminato c'erano tre porte, tutte chiuse. Per il momento era sufficiente; quindi, si accovacciò e si avvicinò alla finestra da cui era entrato. Mise una mano sul bracciolo del divano a fiori e alzò gli occhi sul davanzale. Venne accolto da denti gialli pieni di una porcheria nera e da bulbi oculari senza palpebre, e cadde all'indietro quando il Lexer batté una mano scheletrica sul vetro. Sapevano che era lì dentro. Lo sapevano e ciò significava che non si sarebbero fermati finché non fossero entrati anche loro. Come in risposta a quel pensiero, la metà inferiore dell'altra finestra si oscurò per le mani e la porta d'ingresso sbatté.

Strisciò fuori dalla stanza, trascinandosi dietro lo zaino, e poi si alzò per farsi strada lungo il corridoio. La stanza in fondo era l'alternativa migliore. Forse, sarebbe potuto uscire da una finestra ed entrare in un'altra roulotte. Forse, per miracolo, sarebbe riuscito a superare la recinzione. Non sapeva dove si sarebbe ritrovato, ma era sempre meglio che aspettare di morire in una bara a forma di roulotte.

Girò la maniglia e aprì la porta con il machete a portata di mano. C'era un letto con una trapunta scadente, sotto cui giacevano quelli che sembravano essere un uomo e una donna anziani. La morte li aveva avvizziti e contratti, ma poteva ancora vedere le rughe incise sulla pelle dagli anni che avevano vissuto. Un fucile Ruger Scout, Peter lo riconobbe perché John ne aveva uno, era appoggiato al letto con accanto una scatola di munizioni. Un'altra arma non avrebbe fatto certo male. Infilò la scatola di munizioni nello zaino, si mise la cinghia del fucile in spalla e si avvicinò alla finestra.

Un tratto di erba incolta correva lungo il retro delle roulotte. L'erba era ancora libera, ma poteva vedere i Lexer sull'asfalto dell'altro lato dell'anello. Se fosse riuscito a entrare in una delle altre abitazioni passando dal cortile, a quel punto, loro avrebbero potuto anche sfondare la porta di quella quanto volevano. E lo avrebbero fatto; poteva sentire la porta di legno scheggiarsi dall'altra parte della roulotte.

Alzò la finestra e spinse all'infuori la zanzariera. Una rapida occhiata gli confermò che poteva correre; puntò quindi lo sguardo verso una finestra due roulotte più in giù. Non c'era alcun riflesso dietro la zanzariera, il che gli fece pensare che fosse aperta. Se non lo fosse stata e avesse dovuto rompere il vetro, sarebbe potuto finire morto. Ma lo sarebbe stato comunque: sia che fosse rimasto lì, sia che avesse cercato di raggiungere la recinzione.

Il suo stivale colpì il davanzale e poi uscì, correndo rannicchiato da un retro all'altro delle roulotte. La zanzariera si strappò sotto i colpi del machete. Gettò dentro lo zaino e lo seguì a terra con un tonfo. Rimase sdraiato per un momento, cercando di sentire oltre il proprio cuore martellante, ma i rumori dei Lexer non si erano avvicinati. La finestra emise un cigolio che sembrò riecheggiare per chilometri quando la chiuse. Poi, abbassò la veneziana un millimetro alla volta. Ce l'aveva fatta. Si appoggiò al muro e chiuse gli occhi.

Li aprì di scatto al rumore scricchiolante in fondo al corridoio. Quell'abitazione aveva la stessa pianta della prima. Era entrato dal retro, nella stessa camera da letto posteriore attraverso la quale aveva lasciato l'altra. Il machete giaceva sul pavimento; si sentiva così sollevato di essere al sicuro che aveva dimenticato che l'interno poteva essere altrettanto pericoloso. Un'altra mossa stupida di Peter. Beh, stava imparando quelle cose nel modo più duro, che però sembrava essere l'unico adatto a imprimere bene la lezione.

Un altro scricchiolio delle assi del pavimento. Meglio vedere cosa stava arrivando e avere un posto dove ritirarsi che essere intrappolati nell'angolo di quella camera da letto, al cui interno sembrava ci fosse stata un'esplosione. Peter si avvicinò alla porta. Ci vollero alcuni secondi perché i suoi occhi si adattassero alla penombra. Un bambino, di non più di cinque anni e con un pigiama con le astronavi, inciampò nel corridoio. Non era più carino, ma, dalle guance paffute e dai capelli ricci e scuri che gli incorniciavano il viso, si poteva dire che una volta lo fosse stato.

Peter pensò di spingerlo nella stanza e chiuderla a chiave per evitare di doverlo uccidere, ma non si poteva essere sentimentali quando si trattava di zombie. Forse quando si trattava di persone, perfino quelle come il tizio sotto il cavalcavia, ma non di zombie. Peter tornò nella camera da letto. Il bambino apparve, digrignando i denti da latte e spalancando gli occhi selvaggi. Sulla maglietta del pigiama c'era scritto "Un grande passo per la nanna". Probabilmente quel pigiama gli era piaciuto da morire. A Peter sarebbe piaciuto da bambino.

«Scusa», sussurrò Peter e gli conficcò il machete nell'occhio sinistro.

Il piccoletto atterrò su un fianco come se stesse dormendo, una mano vicino al volto e l'altra a pugno sul pancino rotondo. Peter osservò un attimo quel corpo e poi chiuse la porta della camera da letto dietro di sé per controllare il resto della casa. La camera del bambino era dipinta di un azzurro pallido ed era piena di giocattoli, il nome "Jonah" era stato intagliato nel legno e appeso al muro. Tutte le veneziane della cucina e del soggiorno erano abbassate e le stanze erano vuote. Si chiese come avesse fatto Jonah a rimanere lì da solo. I genitori lo avevano dato per morto, senza rendersi conto di cosa fosse diventato? Erano andati a cercare aiuto, ma erano stati uccisi a loro volta? Lo avevano saputo, ma non avevano avuto il coraggio di ammazzarlo? Peter poteva immaginarsi qualsiasi scenario; sperava solo che Jonah non avesse avuto paura, che non fosse dovuto morire da solo.

Stavolta morse così forte da sentire il sapore del ferro, ma il dolore non era pari al bruciore nel petto. Così tante persone erano morte, sole e spaventate, invocando a gran voce i genitori, i mariti e le mogli, i figli. Come probabilmente aveva fatto Jane nell'auto dei suoi genitori, circondata dalle fiamme. Peter sprofondò in una sedia al tavolo della cucina, appoggiò la testa sulle braccia e lasciò scorrere le lacrime.

Piangere non era stata la migliore delle idee. Si sentiva meglio emotivamente, ma era più assetato che mai. La bottiglietta d'acqua era piena per due terzi e da una ricerca approfondita in cucina non aveva trovato nulla, a parte qualche bibita in polvere, burro di arachidi e alcune scatole di cracker. Cazzo, ne aveva già: cracker salati e che facevano venir sete.

Sbirciò fuori dalle veneziane e vide che il parco era pieno di Lexer. Dovevano aver sfondato la prima roulotte e non aver trovato nulla, e in quel momento se ne stavano tutti lì in piedi o vagavano senza meta. Uno aveva il braccio appoggiato sul lato di una roulotte, la testa abbassata, come se stesse parlando con una bella ragazza a una festa. Peter andò su e giù per l'abitazione ed esaminò ogni possibile uscita, ma non c'era un solo punto in cui non ce ne fossero almeno un paio. Probabilmente non sarebbe mai riuscito a raggiungere la recinzione distante senza finire in un mare di guai.

Il sorso d'acqua che si concesse fu delizioso. Lo sciabordò nella bocca secca e deglutì. Avrebbe aspettato che se ne andassero. Sicuramente a un certo punto si sarebbero distratti e si sarebbero allontanati; sembrava che ai branchi piacesse muoversi. Sperò che ciò avvenisse prima di avere troppa sete. Quanto si poteva vivere senza acqua? Due, tre giorni? Forse più a lungo, ma era sicuro che non sarebbe stato in grado di correre più forte dei Lexer se indebolito dalla sete.

Si sedette sul divano di pelle del soggiorno. C'erano alcune foto di una famiglia, con Jonah al centro della scena. C'erano stati una madre e un padre, ma ovviamente era la madre che aveva scelto l'arredamento. Il soggiorno era pieno di stampe con vasi di fiori, accentuate da fiori finti reali in vasi collocati su entrambi i tavoli laterali, sul tavolino e sul mobile color legno e oro.

Doveva fare pipì e stava andando in bagno, quando si rese conto che forse avrebbe fatto bene a conservarla. Si mise a frugare e trovò una caraffa Tupperware. Era di plastica trasparente e, quando ebbe finito, guardò il liquido giallo all'interno con lo stomaco sottosopra. Non riusciva a immaginare di avere così tanta sete da berla. Ma non si sa quanto si può essere disperati finché non lo si è davvero. Forse avrebbe potuto aggiungerci la bibita in polvere, ma scosse la testa. Si sarebbe deciso a farlo, quando e *se* avesse dovuto, ma aveva ancora un po' d'acqua e un altro pasto pronto liofilizzato che poteva contenere qualcosa di liquido. Aprì l'imballaggio esterno e vide alcune confezioni di punta di petto di manzo, biscotti, dolcetti, cracker e burro in granuli, tra l'altro. Non sarebbero riusciti a fare un pasto pronto liofilizzato più secco di quello neanche volendo. Di nuovo l'universo. Non era andato molto lontano oggi, ma era stanco, così prese il plaid dallo schienale del divano, si girò su un fianco e si mise a dormire.

Era pomeriggio quando si svegliò. Aveva ancora sete. Che strano. Fece di nuovo pipì nella caraffa, che già puzzava terribilmente, e sorseggiò l'acqua. I Lexer erano ancora lì. Sarebbe stato ottimo poterli distrarre. Andò sul retro, non guardando Jonah di proposito, ma non c'era modo di alzare una finestra e lanciare qualcosa in lontananza senza essere notato. Il piano era fallito.

La libreria del soggiorno era piena di romanzi d'amore. O erano piaciuti anche al padre o questi non era un gran lettore. Peter ne scelse uno che non coinvolgesse un'ereditiera e si sedette a leggere fino a sera. Quando la luce attraverso le veneziane divenne troppo fioca, mise da parte il libro. Le sue letture apocalittiche erano diventate bizzarre. Non c'era da stupirsi che Cassie insistesse nel portarsi dietro i suoi libri; probabilmente era una di quelle strategie di sopravvivenza che solo lei e John conoscevano.

Si sdraiò e chiuse gli occhi, ma l'unica cosa a cui riuscì a pensare fu la coppia di cui parlava il libro. I due si erano incontrati a una festa, si erano innamorati a prima vista e avevano vissuto una storia d'amore travolgente. La ragazza scoprì di essere incinta e non lo disse al ragazzo, perché altrimenti avrebbe rovinato il suo brillante futuro, rendendolo padre a ventiquattro anni. Così lei crebbe il bambino in una città lontana, mentre lui trascorse quasi due anni a cercarla. Naturalmente, invece di essere felice quando lui la trovò – dato che non aveva fatto altro che sognarlo e fissare gli occhi del figlio "così simili a quelli del padre" –, lei gli sbatté la porta in faccia. Fu esasperante. Non che Peter fosse stato un maestro delle relazioni sane, ma *dai*.

Perché diavolo ci pensava così tanto? Forse la sete lo stava già rincitrullendo. Si concesse un altro sorso e chiuse di nuovo gli occhi. Questa volta pensò a quello che avrebbe fatto una volta incontrata Ana – sempre che lei non gli avesse sbattuto la porta in faccia come qualche personaggio di fantasia che avrebbe potuto citare –, e all'espressione di Nel quando gli avrebbe consegnato la lattina di Pepsi che stava conservando.

Peter si sedette e scosse la testa. Come aveva potuto dimenticare la Pepsi? La tirò fuori da dove l'aveva sepolta nello zaino e la appoggiò sul tavolino. Riusciva a vederla brillare al buio ed era bellissima. Troppo bella per lasciarla sul tavolo. Se la mise sul petto e si addormentò.

La mattina dopo, stessa storia: Lexer fuori, pipì nella caraffa, mangiare qualche cracker con formaggio spalmabile, sorseggiare acqua. Almeno la coppia del libro si era finalmente messa insieme. Ne iniziò un altro e alzò gli occhi al cielo quando ci fu la serie di malintesi. Ma capiva perché la gente li leggeva: si sapeva che sarebbero finiti bene. Non si poteva prometterlo nel mondo reale, e certamente non in quello in cui si trovava. Si poteva sperare che andasse tutto bene, si poteva crederlo, ma non si poteva garantirlo. Ma Peter decise di crederci. Aveva ancora la Pepsi, qualche sorso d'acqua e tutti i cracker che un uomo potesse mangiare.

I personaggi del libro bevevano di continuo e Peter cominciò a sospettare che l'autore stesse cercando di tormentarlo. Vino, soda, bicchieri di acqua ghiacciata: erano tutti lì a loro disposizione. Non li apprezzavano nemmeno. Appoggiò il libro sulle ginocchia e fissò la Pepsi. L'avrebbe aperta e ne avrebbe bevuto un sorso, poi l'avrebbe travasata in un contenitore dal quale non sarebbe evaporata.

Peter aprì il tappo e bevve due sorsi. «Basta», disse ad alta voce, costringendosi a fermarsi. Era meglio berla tutta e poi rimanere senza o morire lentamente di sete sorseggiandola? Optò per la seconda. Almeno in questo modo, sorso dopo sorso, il suo corpo avrebbe potuto usarla, invece di aggiungerla alla sua collezione di pipì. Sperò che la caffeina e lo zucchero non peggiorassero la sete.

Nel tardo pomeriggio, i Lexer non si erano ancora mossi e lui era alla sua terza storia d'amore. Al calar della sera era così assetato che si concesse di finire l'acqua insieme al petto di manzo. Non avrebbe vinto nessun premio culinario, ma era molto più succulento di quanto avesse immaginato. Rimase con quasi tutta la lattina di Pepsi e il pensiero rivolto al giorno dopo, il suo terzo di prigionia.

Un altro giorno e un'altra storia d'amore. A mezzogiorno Peter non riusciva a pensare a nient'altro che alle bevande. Avrebbe perfino bevuto volentieri il succo di prugna, la sua nemesi. Un paio di sorsi di Pepsi all'una lo resero così assetato che si concesse di immergere la lingua nel contenitore qualche ora dopo. Era stanco, più di quanto avrebbe dovuto esserlo una persona che sta seduta a leggere romanzi d'amore tutto il giorno e, quando calò il buio, calarono anche le sue palpebre.

La mattina seguente aveva la bocca incollata. Osservò il bicchiere scarso di Pepsi sul bancone accanto a quello praticamente pieno di piscio. Riuscì quasi a immaginare come quest'ultimo sarebbe stato allettante una volta finita la Pepsi. Beh, non proprio allettante, ma meglio di niente.

Un sorso al mattino, uno al pomeriggio, un altro alla sera e uno per il giorno dopo. Era incredibile che riuscisse ancora a pisciare nella caraffa. Da dove prendeva il liquido il suo corpo? Perché non lo usava? Avrebbe voluto prendere a pugni la sua vescica, ma, invece, lesse il libro tra un pisolino e l'altro, e poi si addormentò.

La poca Pepsi rimasta il quinto giorno era agrodolce. Ed ora era finita. Ignorò la caraffa sul bancone e mangiò il pacchetto di salsa barbecue che era nel pasto pronto liofilizzato. Gli inumidì la bocca, ma il sale avrebbe probabilmente peggiorato la situazione. Succhiò la menta dei ravioli al manzo liofilizzati e fissò il soffitto. Non sapeva se fosse la sua immaginazione o se fosse davvero debole e stanco. Non aveva energia. Non sapeva se quella sua condizione fosse dovuta alla disidratazione o al fatto che i Lexer lì fuori sarebbero durati più a lungo di lui.

Avrebbero vinto.

Quel pensiero lo fece sobbalzare. No, non avrebbero vinto. Fanculo. Avrebbe rivisto Bits. Se domani fossero stati ancora lì, avrebbe bevuto un po' di pipì mista alla bevanda in polvere e sarebbe scappato. Sarebbe andato tutto bene. Si sdraiò di nuovo e scivolò in un sonno pieno di sogni su rubinetti aperti e frigoriferi pieni di bevande ghiacciate.

Si svegliò all'alba pensando agli scaldabagni. Non riusciva a ricordare se si fosse trattato solo di un sogno. Il suo cervello era confuso e implorava qualche altro minuto di riposo. Non aveva senso lanciarsi a capofitto sulla successiva portata del menu; tanto valeva riposare per il grande evento.

Scaldabagni.

Peter saltò giù dal divano così in fretta che il grande vaso sul tavolino si schiantò a terra rompendosi. Imprecò e sbirciò attraverso le veneziane. Almeno i Lexer non avevano sentito.

Spesso Cassie e John discutevano con entusiasmo di tattiche di sopravvivenza fortuite: riscaldare sassi nel fuoco e seppellirli sotto un sottile strato di terra in un rifugio improvvisato per stare al caldo; accendere fuochi senza fiammiferi, quel genere di cose. A pensarci bene, erano entrambi un po' pazzi, ma si ricordò di una conversazione sugli scaldabagni. Anche dopo che l'acqua principale si era prosciugata, restava quella nel serbatoio dello scaldabagno. In ogni casa c'erano litri di acqua potabile a disposizione. Si mosse lungo il corridoio con andatura instabile e trovò il serbatoio nell'armadio che conteneva la lavatrice e l'asciugatrice impilabili. Non era enorme, ma centoquindici litri erano un sacco d'acqua. Sarebbe potuto sopravvivere ai Lexer con centoquindici litri.

Sul fondo c'era il rubinetto; ora aveva bisogno di una ciotola dalla cucina. La mano che teneva la ciotola tremò mentre apriva il rubinetto e rimase in attesa di quel flusso di acqua fresca e vitale. Un rivolo si riversò nel recipiente e poi si fermò. Peter bevve l'acqua prima di fare qualcosa di ridicolo come rovesciarla. Era così buona che gemette, ma era una presa in giro. Non poteva essere tutta lì. Se non avesse voluto conservare ogni centilitro di liquido nel suo corpo, avrebbe pianto per la frustrazione. Doveva esserci dell'acqua lì dentro.

Poi si ricordò che era sotto vuoto. A volte bisognava aprire un rubinetto o una valvola per far defluire l'acqua. Chiuse il rubinetto; aprì quello del bagno; si sedette con la ciotola a portata di mano; e girò la manopola. Niente. Ora si stava incazzando. C'era dell'acqua lì dentro ed era sua, cazzo. Avrebbe fatto a pezzi la parte superiore se fosse stato necessario.

Ma iniziò rompendo il tubo dell'acqua calda posto in cima, dato che non riusciva a trovare una certa valvola che doveva aver menzionato John. Recitò una preghiera silenziosa, aprì il rubinetto ed espirò al getto d'acqua ininterrotto che scorreva nella ciotola. Non era l'acqua più pulita del mondo, aveva infatti dei minuscoli granelli di sedimento sul fondo, ma non era pipì e quello gli bastava. Tracannò la ciotola e andò a riempirla di nuovo. Dio, quell'acqua era incredibile. Più tardi avrebbe svuotato parte del serbatoio nei contenitori per vedere quanta ne aveva in totale, ma per il momento tutto l'unico suo desiderio era berne un'altra ciotola. Sapeva che sarebbe andato tutto bene. E non avrebbe mai, mai più preso in giro Cassie e John.

Al calar della notte gli sembrò di scorgere meno Lexer all'esterno, ma non riusciva a vedere abbastanza lontano nell'oscurità per esserne sicuro. Preparò lo zaino, qualora avesse potuto andarsene al mattino, e vi ci infilò il libro che stava leggendo. Sapeva che sarebbe finito bene, ma voleva comunque finirlo.

La mattina preparò la bevanda in polvere, una cosa che non aveva mai bevuto da bambino. Secondo sua madre era veleno. Se ne godette ogni goccia insieme a qualche cracker. C'erano davvero meno Lexer in giro. Forse ne erano rimasti una ventina, tutti sparsi. Poteva batterli in velocità, specialmente se la bici era ancora sulla strada fuori all'ingresso.

Tamburellò con le dita sul bancone della cucina e mescolò dell'altra bevanda in polvere. Doveva andarsene presto. Era lì da quasi una settimana, il che significava che tra poco sarebbe stato ottobre. Avrebbe potuto rimanere di nuovo bloccato così; avrebbe potuto nevicare; e allora, probabilmente, non ce l'avrebbe fatta. Tuttavia, se i Lexer si fossero congelati prima di lui – e senza riscaldamento era un azzardo –, sarebbe stato in grado di arrivare a piedi senza problemi. Quella poteva essere la sua occasione migliore. Si assicurò che le bottiglie fossero piene, rovesciò la pipì nello scarico della cucina e riempì un contenitore di bevanda in polvere. Era piuttosto buona, anche se non l'avrebbe mai data da bere a Bits. Aveva letto gli ingredienti; sua madre aveva ragione.

Peter si agganciò lo zaino, si mise il fucile in spalla e impugnò il machete. Poi si diresse verso la porta, prese fiato e corse sull'asfalto. Spinse uno zombie che si era avvicinato troppo, schivò gli altri e passò davanti alle abitazioni che aveva superato all'andata. La bicicletta giaceva sul lato dove l'aveva lasciata. Guardò dietro di sé per essere sicuro di avere tempo e si piegò sul manubrio. Corse portandola a mano, aggirando i pochi Lexer sulla strada, prima di saltarci sopra e pedalare come un pazzo, aumentando il distacco a ogni colpo di pedale. Lo specchietto sul manubrio si era piegato quando la bici era caduta, ma lo raddrizzò in tempo per vedere i Lexer nel parco raggiungere la strada.

«Addio, babbei», gridò, poi volse lo sguardo a nord e non si voltò più indietro.

A mezzogiorno mancavano meno di quindici chilometri. Aveva fatto varie soste a causa di tutta l'acqua e la bevanda in polvere, ma non aveva avuto intoppi. I cinquanta chilometri che aveva percorso in bicicletta erano stati una passeggiata in confronto al resto del viaggio, dato che aveva incontrato solo qualche Lexer qua e là; tuttavia, le cosce gli bruciavano a causa delle lunghe e incessanti colline. In alcuni punti le auto erano state spostate di lato e ora, così vicino alla fattoria, le strade erano completamente libere. Sperava che tutti avessero percorso la stessa strada, che il pick-up li avesse portati lì.

Appena fuori dalla piccola città prima della fattoria, la gomma della bicicletta scoppiò con un forte botto. Peter usò i piedi per sterzare fino a fermarsi, evitando per un pelo una brutta caduta, e guardò le nuvole che fluttuavano nel cielo.

«Sul serio?» chiese loro.

La camera d'aria era strappata in modo irreparabile; comunque, non che avesse un kit di riparazione. Provò a pedalare sulla ruota rotta, anche se a piedi sarebbe andato più veloce. Lo zaino non risultava troppo ingombrante quando andava veloce, ma quel suo continuo oscillare sul cerchione gli ricordò quando Cassie aveva imparato ad andare in bicicletta. Sorrise a quell'immagine. Era così imbranata; chi non sapeva andare in bicicletta? Ma ora era capace, ora che lui e Bits le avevano insegnato.

Quell'estate, comunque, Cassie era diventata più aggraziata, come se finalmente ci avesse preso la mano. Almeno una volta alla settimana pestava ancora i piedi a qualcuno o rovesciava qualcosa, lo avrebbe sempre fatto, ma sapeva combattere. I suoi occhi brillavano di un verde chiaro quando c'era una minaccia e l'arricciamento delle labbra non lasciava dubbi sul fatto che avrebbe ucciso se fosse stato necessario. Forse, l'aver sparato a Neil e il costante assillo di Ana di avere una compagna di allenamento l'avevano cambiata. Quando le guardavi allenarsi insieme, con gli occhi scuri e dorati di Ana ancora più letali di quelli di Cassie, eri molto felice di essere dalla loro parte.

Immaginarsele rese Peter più fiducioso del fatto che fossero al sicuro. Avrebbero ucciso qualsiasi cosa sulla loro strada, viva o morta. Appoggiò gli stivali sul cemento e si avviò a piedi. La strada era libera, il sole luminoso e gli alberi apparivano più colorati che nel Vermont meridionale. Le erbacce che avrebbero dovuto essere campi di mais, di grano o di qualsiasi cosa crescesse lì stavano diventando marroni. Uno stormo di oche volava sopra la sua testa in una V disordinata. Era una splendida giornata autunnale, una di quelle per cui la gente avrebbe pagato un bel po' di soldi per trascorrerla lì.

Alla periferia della piccola città si tenne il più vicino possibile all'ombra. Non voleva attirare l'attenzione dei Lexer, che erano sicuramente in agguato. Tuttavia, rimase sbalordito nel trovare il *village green* vuoto. Era come una città fantasma, in senso buono. Sull'emporio più avanti c'era un cartello che offriva benzina e cibo all'interno, e anche alloggio a Kingdom Come. Proseguì su strade sterrate e superò una fattoria con un recinto dall'aspetto severo e poi girò a sinistra in Kingdom Road. Aveva ascoltato le indicazioni alla radio così tante volte che avrebbe potuto recitarle a memoria.

C'era una capanna montata su pali al lato della strada. Un ragazzo, di non più di vent'anni, con una coda di cavallo color platino e un fucile, scese ad accoglierlo. «Ehi, io sono Caleb.»

Gli strinse la mano. «Peter.»

«Sei qui per restare?»

«Credo di sì.» Peter alzò lo sguardo verso la donna dai capelli corti e scuri che stava in piedi sulla piattaforma della capanna puntandogli un fucile alla testa. La sua bocca si contrasse in segno di saluto al suo sorriso. «È stato un lungo viaggio.»

«Si vede, amico», disse Caleb ridendo.

Un tempo, i jeans che Peter aveva lavato da Chuck per il suo viaggio di un giorno erano puliti. Ora erano marroni e la camicia sotto la giacca non era in condizioni migliori.

«Vuoi un passaggio fino al cancello?» chiese Caleb indicando un pick-up. «È a circa quattrocento metri da qui.»

Due minuti dopo Caleb lo lasciò al cancello di metallo con un tizio di nome Dan, che lo fece entrare da una porta laterale. Dan gli strinse la mano e gli presentò una donna e un uomo seduti a un tavolo pieghevole. Peter era così preoccupato per la prossima domanda che avrebbe fatto da non riuscire ad afferrare i loro nomi.

«Di solito c'è un furgone quaggiù, ma oggi l'hanno portato su», disse Dan. «Ti accompagno, se vuoi. Non è lontano.»

Peter annuì. Sembravano tutti così tranquilli, ma lui non poteva rilassarsi finché non lo avesse saputo. Si tolse la giacca e la infilò in una cinghia dello zaino, sudando più di quanto non avesse fatto durante la corsa in bicicletta. «Una certa Cassie Forrest è venuta qui con un gruppo di persone? Conoscono Adrian.»

Le pieghe intorno agli occhi di Dan divennero più profonde quando sorrise. «Certo, sono arrivati qui forse un mese fa. Con Bits e gli altri. Li conosci?»

Bits era lì. Peter si sentì così leggero che avrebbe giurato che i suoi stivali si fossero sollevati da terra. Tutto divenne sfocato, ma questa volta non si morse la guancia per fermare le lacrime. Bits era lì. Non chiese chi fossero gli altri, nel caso in cui Dan dimenticasse qualcuno per sbaglio. Aveva paura di chiedere di Ana. Se ci fossero state brutte notizie, avrebbe voluto che fosse Cassie a dargliele.

«Sì», rispose Peter. Si asciugò gli occhi. Dan sembrava così contento per lui che era impossibile non ricambiare il sorriso. I ricongiungimenti erano rari di quei tempi. «Li conosco.»

«Chiama Cass alla radio», disse Dan al tizio al tavolo. Poi mise una mano sulla spalla di Peter e gli fece cenno di andare su per la strada.

Dan disse qualcosa. Peter annuì, ma non stava ascoltando. Osservava le foglie dorate e rosse fluttuare verso la strada sterrata e pregava che fossero tutti lì. Poi udì qualcosa oltre alla voce amichevole di Dan: il suono di piedi nudi che calpestavano il terreno. Conosceva solo una persona che andava in giro scalza ogni volta che poteva.

Peter alzò lo sguardo quando Cassie girò la curva. Lei si fermò a bocca aperta e con gli occhi sgranati, quasi come se non fosse stata sicura di trovare proprio lui.

«Peter!» gridò e gli corse incontro.

La sua risata era così spensierata e il suo sorriso così ampio che lui era quasi sicuro che ce l'avessero fatta tutti. Ma, in ogni caso, aveva ancora una figlia e una migliore amica. Aveva ancora una famiglia. Era a casa.

Nata e cresciuta a New York, Sarah Lyons Fleming vive in Oregon con la famiglia e con, a sua detta, scorte insufficienti in caso di un'apocalisse zombie. Ma ci sta lavorando.

Altri libri su www.sarahlyonsfleming.com

<u>Until the End of the World</u>
Until the End of the World (Libro 1)
So Long, Lollipops (Novella, Libro 1.5)
And After (Libro 2)
All the Stars in the Sky (Libro 3)

<u>The City Series</u>
Mordacious (Libro 1)
Peripeteia (Libro 2)
Instauration (Libro 3)

<u>The Cascadia Series</u>
World Departed (Libro 1)
World Between (Libro 2, in uscita nel 2021)

84

Sarò breve e dolce; dopotutto, è un racconto lungo. Ringrazio i miei genitori, che leggono e poi rileggono sempre. Di recente, sono rimasta sorpresa nello scoprire che i familiari di molti scrittori non leggono il loro lavoro. Sapevo già di essere fortunata, ma, cavolo, devo proprio aver vinto la lotteria!

Grazie ad Allie, a Danielle e a Jamie, i miei meravigliosi amici/lettori beta, che mollano tutti gli altri libri per leggere i miei!

Un mondo di amore e apprezzamento per mio marito, Will, che legge con occhio attento e con una conoscenza del mestiere di scrivere che non avrò mai, e che mi obbliga a scavare più a fondo e trovare così nuove parole per descrivere ciò che ho portato alla luce.

Podium

DISCOVER MORE

STORIES UNBOUND

PodiumEntertainment.com

9 781039 460461